I pregiudizi dei paesi piccoli ossia lo scultore e il cieco

Camillo Federici

© 2023 Culturea Editions

Texte et illustration de couverture : © domaine public
Edition : Culturea (Hérault, 34)
Contact : infos@culturea.fr
Retrouvez notre catalogue sur http://culturea.fr
Imprimé en Allemagne par Books on Demand
Design typographique : Derek Murphy
Layout : Reedsy (https://reedsy.com/)

Dépôt légal : janvier 2023
Tous droits réservés pour tous pays

ISBN : 9791041844531

Un caffettiere

Un lacchè

Gismondo

Guglielmo- fanciulli, figli della contessa Valsingher

Dame

Cavalieri   }che non parlano

La scena è in una piccola città della Germania.

ATTO PRIMO

Scena prima

Piazza con bottega da caffè.

Il conte Steimbergh ch'esce dalla bottega, e s'incontra col Caffettiere che sta per entrarvi.

STEIMBERGH Ebbene, che significa tutta quella gente colà affollata all'osteria della posta?

CAFFETTIERE Figuratevi: in questi giorni, in cui s'attende l'imperatore, ogni calesse che arriva, mette il popolo in moto. Questa mattina è giunto un ciarlatano ben vestito, e tutti volevano che fosse uno della corte. Adesso è arrivato un uffiziale in una sedia scoperta, tutto impolverato, e ognuno s'affolla a interrogarlo.

STEIMBERGH Che pazzi!

CAFFETTIERE Il genio del popolo, ansioso di vedere un Principe che ama, e la curiosità fanno questi effetti, cagionano le frequenti visioni, gli abbagli e l'impazienza.

STEIMBERGH (osservando) Ecco appunto quell'uffiziale.

CAFFETTIERE È delle nostre truppe: ha la divisa verde, come quella dei dragoni di sua maestà.

Scena seconda

Un Uffiziale vestito d'uniforme verde con le rivolte e fodera di color rosso; e i suddetti.

UFFIZIALE (guardando verso il caffè) Scusate. (Al caffettiere) È questo un caffè?

CAFFETTIERE Sí signore; e il padrone sono io.

UFFIZIALE Datemi un bicchier d'acqua.

CAFFETTIERE Subito (parte e poi torna).

UFFIZIALE (verso il conte cavandosi il cappello) Schiavo, signore.

STEIMBERGH Servo suo.

UFFIZIALE M'immagino che sarete di questa città.

STEIMBERGH Per servirvi.

UFFIZIALE Di grazia: quante miglia si contano di qua sino ai confini dell'Italia?

STEIMBERGH Sei leghe tedesche e nulla piú.

UFFIZIALE Che ora è all'usanza di questo paese?

STEIMBERGH Sei di Francia, che corrispondono quasi a ventiquattro.

UFFIZIALE (accomoda l'orologio).

CAFFETTIERE (ritorna con un bicchier d'acqua).

UFFIZIALE (beve; indi cava la borsa, e dà una moneta d'oro al caffettiere).

CAFFETTIERE Signore, io non vendo l'acqua pura; vendo limonate, e caffè.

UFFIZIALE Pagatevi quando mi porterete il caffè.

CAFFETTIERE (prendendo la moneta) Vado subito a farlo (osservando la moneta) (Un unghero! vengono di rado alla mia bottega: non so se avrò tanta moneta per cambiarlo) (parte).

Scena terza

Il conte di Steimbergh, e l'Uffiziale.

UFFIZIALE Come va, signore, questa faccenda?

STEIMBERGH In proposito di che?

UFFIZIALE A Gratz, donde sono partito, non vi erano cavalli; qua non vi sono cavalli. Che modo è questo? Io vorrei proseguire il mio viaggio.

STEIMBERGH Sarà difficile.

UFFIZIALE Perché?

STEIMBERGH Vi avranno detto che si aspetta l'imperatore, e tutti cavalli sono fermati per lui e pel suo seguito.

UFFIZIALE Chi ha dato quest'ordine?

STEIMBERGH Il nostro signor governatore.

UFFIZIALE Io so che quest'ordine non viene dalla corte.

STEIMBERGH Il rispetto, che si ha verso il sovrano, ha fatto che un buon ministro prevenga ciò che occorre ai comodi di un principe cosí buono.

UFFIZIALE Io ci scommetto che due o quattro cavalli bastano all'imperatore.

STEIMBERGH Sarà come voi dite. So ch'egli è un signore senza pompa, che insegna ai grandi a diminuire il fasto, e l'incomodo ai sudditi; tuttavia il buon ordine e il rispetto che gli dobbiamo...

UFFIZIALE Vi è qui il direttore delle poste?

STEIMBERGH Si signore.

UFFIZIALE Bramerei di abboccarmi con lui.

STEIMBERGH Comandate.

UFFIZIALE Giacché avete tanta bontà, conducetemi dove si trova.

STEIMBERGH Voi l'avete a quest'ora trovato.

UFFIZIALE Come?

STEIMBERGH Son io quello.

UFFIZIALE Il conte Steimbergh?

STEIMBERGH Il conte Steimbergh a' vostri comandi.

UFFIZIALE La vostra gentilezza corrisponde all'elogio, che me ne fu fatto.

STEIMBERGH Da chi?

UFFIZIALE Da un gentiluomo di Gratz, da cui ho ricevuto ieri alcuni tratti d'amicizia e di ospitalità. (Dandogli un foglio) Capirete da questa lettera...

STEIMBERGH (prende la lettera e l'apre) Con permissione. (Legge) «Il latore della presente è un uomo assai chiaro, che a caso ho conosciuto. Egli ha voluto onorarmi della sua presenza in casa mia, e l'ho trovato il piú amabile, il piú raro per qualità di spirito e per maniere obbliganti. Voi sapete che m'inganno di rado nel conoscere gli uomini. Lo raccomando a voi. Egli viaggia per suo diporto, e voi non vi pentirete di avergli giovato. Favoritelo senza tema in ciò che gli occorre, e sono il vostro amico il visconte Wesfelt». Mi consolo con voi. Voi godete della buona opinione del maggiore dei galantuomini.

UFFIZIALE Bramo di meritare la vostra.

STEIMBERGH Voi l'avete a quest'ora. Parlate: io non farò che prestarvi ogni favore in tutto ciò che posso.

UFFIZIALE Non desidero da voi che una cosa sola.

STEIMBERGH Quale?

UFFIZIALE Due cavalli da posta per proseguire il mio viaggio.

STEIMBERGH Signore, voi mi chiedete appunto l'unica cosa che non è in mio arbitrio. Voi siete soldato, e sapete meglio di me ciò che vuol dire subordinazione ai superiori. Io ho ordine di vegliare che non si somministrino cavalli a chicchessia sino a nuovo avviso. Voi sarete assai discreto per rispettare i miei doveri, e non esigere ch'io manchi al mio ministero.

UFFIZIALE Avete ragione: ma quest'ostacolo mi dispiace infinitamente.

STEIMBERGH Consolatevi che tutto è riparato.

UFFIZIALE In che modo?

STEIMBERGH Io ho due cavalli e una buona carrozza. Questi non sono dedicati alle premure del governo, e da questo punto li destino per voi. Servitevene sin dove vi piace senza complimenti.

UFFIZIALE Troppo gentile e sempre piú vi ringrazio; ma io, quando viaggio, ho piacere di correre come il vento.

STEIMBERGH E questi correranno come il vento.

UFFIZIALE Signore, questo è il mio stile. Quando non posso averli alla posta, non uso disturbare nessuno. Aspetterò.

STEIMBERGH In tal caso vi offerisco la mia abitazione.

UFFIZIALE Nemmeno, io bramo d'esser libero. Ho dato ordine per due camere all'osteria della posta. Malgrado ciò, la mia gratitudine è senza limiti.

STEIMBERGH Voi non volete accordarmi l'onore di impiegarmi in qualche modo per voi?

UFFIZIALE Al contrario; anzi vi pregherò di una grazia.

STEIMBERGH Ora veggo che fate capitale di me.

UFFIZIALE Vi sono conversazioni in questa città?

STEIMBERGH Ve n'è una che si reputa la piú distinta, ed è quella de' signori, i quali si radunano in un luogo destinato a tal effetto.

UFFIZIALE Vi è radunanza questa sera?

STEIMBERGH Di sera e di giorno; e siccome si aspetta l'imperatore, cosí vi è un apparecchio magnifico col disegno d'invitarlo, se mai si trattiene qualche ora.

UFFIZIALE Avrei piacere, giacché debbo restar qui, d'esservi introdotto.

STEIMBERGH Io farò quanto posso per servirvi. Il luogo è qui vicino, e vado in questo punto a perorare per voi.

UFFIZIALE A perorar per me! La cosa è dunque difficile?

STEIMBERGH Vi dirò: siamo in un paese piccolo, dove ciascuno vuol essere piú grande che non è, e i pregiudizi vi sono piú radicati.

UFFIZIALE Per esempio?

STEIMBERGH La nostra nobiltà è gonfia di se stessa, e teme di contaminarsi avvicinandosi a qualcheduno che non sia titolato, e sfida i piú nobili dell'universo a pareggiarla.

UFFIZIALE Ma sono veramente cosí nobili?

STEIMBERGH Essi lo dicono, essi lo credono, ed essi sono padroni della loro opinione. Voi, però, se siete accorto, dovete capire da questo discorso, che il fasto e l'impostura è un indizio d'animi piccoli e di poco fondamento, e che la vera nobiltà è sciolta, generosa, senza pregiudizi e non ha bisogno di questi miserabili mezzi per ingrandirsi e comparir luminosa.

UFFIZIALE Terminate, e per mia regola dite pur tutto. Scommetto che la loro nobiltà è chimerica.

STEIMBERGH A dir vero per la maggior parte sono gente ricca, che ier l'altro si è separata dal volgo con certi diplomi che si comprano dalla città col merito, e piú facilmente col denaro. Questi in poco tempo sono diventati superbi e si sono fatti chiamare conti, baroni, malgrado che abbiano le mani ancora incallite dagli esercizi popolari. Ve n'è qualcheduno che vanta una serie di avi gentilissimi, e una purezza senza macchia, e questi sono discreti, affabili e ridono della piccolezza de' loro nuovi compagni.

UFFIZIALE Voi sempre piú m'invogliate a conoscerli. Ottenetemi dunque il favore di essere ammesso alla loro nobile adunanza.

STEIMBERGH Attendetemi qui e torno fra pochi momenti (parte. Intanto si accendono i lumi nella bottega da caffè).

Scena quarta

L'Uffiziale, poi la contessa Valsingber servita dal cavaliere Brom.

UFFIZIALE Ecco lo stato che mi alletta: conoscere quando posso, senza essere conosciuto. Studiare i vizi e le virtú degli uomini è un soggetto delle mie cure, e della mia provvidenza.

VALSINGHER (al cavaliere) Credete voi che a quest'ora vi sia gente nelle sale della conversazione?

BROM È appena notte. Se volete che anticipiamo...

VALSINGHER Che serve l'essere tra' primi? Fermiamoci un poco qua. L'aria si è resa cosí temperata, che si può godere all'aperto senza pericolo.

BROM Come vi piace (s'avanza verso la bottega e seggono).

UFFIZIALE (saluta, ed è corrisposto dalla contessa e dal cavaliere, indi passeggia e si distrae).

BROM Ehi! (verso la bottega del caffè).

Scena quinta

Il caffettiere, e i suddetti.

CAFFETTIERE Comandi.

BROM Due acque di limone.

CAFFETTIERE Subito. (All'Uffiziale) Adesso servo anche vostra signoria illustrissima (parte, poi torna).

VALSINGHER Quell'uffiziale è un forestiere?

BROM Sono diversi giorni, che con queste mosse dell'imperatore si veggono passare avanti e indietro uffíziali, corrieri, e mai non si viene alla conclusione di questo aspettato passaggio.

VALSINGHER Sapete chi è questo principe. Nemico degli agi e delle delicatezze, è capace di arrivarci addosso, quando meno ce l'aspettiamo.

BROM I nostri signori si confidano che possa onorare la nostra accademia; io però non ne sono persuaso.

VALSINGHER Perché? È un sovrano che si degna di tutto e di tutti. Il presidente lo tiene per cosa sicurissima. A proposito: è vero che suo figlio ha sposata la figlia di Egidio lo scultore?

BROM È verissimo.

VALSINGHER E suo padre...

BROM Freme.

VALSINGHER Guardate che bestialità! (Con ironia) Io non ci vedo questo gran male.

BROM Oibò! il figlio d'un barone sposare la figlia d'uno statuario!

VALSINGHER Vi siete dimenticato che il figlio del barone è nipote d'un mugnaio, e porta la sua nobiltà da un molino?

BROM Io non ho memoria del passato: guardo il presente.

VALSINGHER Avete ragione, poiché verrebbe in mente anche a voi che vostro padre era venditore di birra e carni salate.

BROM Brava! Piace qualche volta anche a voi motteggiare la nobiltà.

VALSINGHER Ho il difetto di ricordarmi i tempi, e di dire la verità.

BROM (osservando) Ecco le acque.

CAFFETTIERE (che ritorna con limonate e caffè alla contessa e al cavaliere) Si servino. (Va dall'uffiziale) Signore, ecco il caffè.

UFFIZIALE (al caffettiere) (Chi sono que' due signori?)

CAFFETTIERE (Gentiluomini del paese).

UFFIZIALE (mette la bocca sopra la tazza, indi gliela rende)

CAFFETTIERE Non vi piace?

UFFIZIALE È buonissimo; ma non ne bevo mai fuor che poco.

CAFFETTIERE Ora vi porterò il cambio della vostra moneta.

UFFIZIALE Non prendo cambi. Tenetelo e fatene ciò che vi aggrada.

CAFFETTIERE (Un unghero per un caffè! Resto attonito, e non ho coraggio di rifiatare) (va per partire).

VALSINGHER (dopo aver bevuto, rendendo il bicchiere) Tenete.

CAFFETTIERE Eccomi.

BROM (facendo lo stesso) È una limonata, che par veleno.

CAFFETTIERE (Il solito complimento: e poi ci vorrà un mese ad esser pagato).

BROM (al caffettiere) Ehi! (chi è quell'Uffiziale?)

CAFFETTIERE (Signore, egli non dice i fatti suoi, ed io ne so quanto voi. Con licenza) (parte).

Scena sesta

Il barone Odoardo agitato, la contessa Valsingher, il cavaliere Brom, l'Uffiziale.

ODOARDO (andando con ansietà verso l'uffliziale) Perdonate, signore, la mia libertà; ma se mi permettete, vorrei dirvi una parola.

UFFIZIALE Vi ascolterò volentieri.

ODOARDO Ma in disparte, senza essere sentito.

UFFIZIALE (si discosta ancor piú dalla contessa e dal cavaliere) Eccomi in disparte per appagarvi.

BROM (alla contessa) Vedete un poco: il figlio del presidente gli parla. Convien dire che lo conosca.

VALSINGHER Può essere.

UFFIZIALE (a Odoardo) Mi sembrate molto agitato.

ODOARDO Ho ragione di esserlo.

UFFIZIALE Parlate.

ODOARDO Scusate, vi prego un'altra volta, la mia domanda. Siete voi al seguito dell'imperatore?

UFFIZIALE Io non sono al seguito di nessuno; anzi non seguo che me stesso.

ODOARDO Sapete almeno s'egli passa di qua, e quando vi passi?

UFFIZIALE Perché mi domandate questo?

ODOARDO Perché mi preme di gettarmi a' suoi piedi, implorare la sua clemenza.

UFFIZIALE A qual fine?

ODOARDO Per un fine che mi sta a cuore quanto la mia vita.

UFFIZIALE Chi siete?

ODOARDO Son figlio d'un padre che vuol farmi anteporre a' miei doveri i principi chimerici della sua nobiltà... Ma è inutile che vi dica il mio stato, quando voi non potete aiutarmi.

UFFIZIALE Chi sa!... Calmatevi... Tutto è possibile... Io potrei darvi tali lumi... Voi mi sembrate un giovane dabbene, e forse... Volete voi fidarvi a me?

ODOARDO Signore, io ricorro a tutti i buoni. Se voi siete tale, non ricuso di confidarvi i miei guai.

UFFIZIALE Fate dunque cosí. Ora non ho tempo e non voglio abboccarmi lungamente con voi sotto gli occhi della gente. Venite questa sera all'albergo della posta verso le ore tre. Se non vi sono, aspettatemi. Vi prometto che, se il vostro caso merita assistenza, voi non mi parlerete invano.

ODOARDO Voi ravvivate il mio coraggio, e mi infondete, non so perché, il fuoco della fiducia nel petto. Io verrò: vi dirò tutto. A quest'ora mi sembra di conoscervi. Voi siete, senza dubbio, qualche persona ben nota all'imperatore. Il cuore me lo dice; e il cielo vi ha mandato per consolarmi.

UFFIZIALE Non fate voli troppo rapidi, non vi riscaldate la fantasia. Io non sono ciò che pensate: ma sono amico dell'onore e della giustizia, e so la via di proteggerli. Andate e ci rivedremo.

ODOARDO Son vostro servitore, e attendo con impazienza questo istante (parte).

VALSINGHER (alzandosi col cavaliere si avvicina all'uffiziale) Signore, voi siete meno nuovo nella nostra città di quello che ci comparite.

UFFIZIALE Perché?

VALSINGHER Veggo che conoscete uno de' nostri.

UFFIZIALE Il caso ha voluto cosí.

VALSINGHER Venite da Vienna?

UFFIZIALE Appunto.

BROM Voi potreste darci delle novità.

VALSINGHER Osservate un poco, signor cavaliere (in modo d'esser intesa dall'uffiziale).

BROM Che cosa?

VALSINGHER Questo signor uffiziale ha una cert'aria... In verità somiglia molto all'imperatore.

BROM (ridendo) Oh oh! all'imperatore! Ecco il solito colpo di adulazione. Quando si vuol fare l'elogio ad uno, si comincia dall'assomigliarlo ad un grande.

VALSINGHER Io non ho bisogno di adulare alcuno e molto meno questo signore; ma, per l'onore del vero, a' miei occhi pare cosí.

UFFIZIALE Onde deducete questo?

VALSINGHER Da un ritratto che tengo in casa mia che ha molta parte delle vostre fattezze.

UFFIZIALE Voi scherzate.

VALSINGHER In verità quella fronte, que' capelli, quel labbro, quel naso profilato...

BROM La signora contessa, per quanto sento, conosce gli uomini a naso.

VALSINGHER Eh tacete: voglio dire ciò che mi piace. Che importa a voi? Siete forse il mio correttore?

UFFIZIALE (al cavaliere) Voi l'avete fatt'andare in collera, e mi levate il piacere di un paragone che solletica moltissimo il mio amor proprio.

BROM Quando è cosí, vi lascio in libertà, e mi avviserete quando il paragone sarà finito (torna dispettosamente a sedere).

VALSINGHER (Ecco il geloso e l'incivile: mi lascia sola e si rende ridicolo).

Scena settima

Il conte Steimbergh, accompagnato dal barone Naimann, la contessa Valsingher,

il cavaliere Brom, e l'Uffiziale.

STEIMBERGH (all'uffiziale) Perdonate, o signore, se vi ho fatto attendere un poco troppo. Ecco qui il presidente della nobile società che ha voluto venir meco e brama di conoscervi.

NAIMANN (all'uffiziale) Servo suo.

UFFIZIALE Troppo onore. Avrete sentito ch'io bramerei di passare un'ora alla vostra conversazione.

NAIMANN Farò quanto posso dal canto mio per compiacervi. Però non vi rincresca di dar cognizione di voi medesimo. Io sono destinato a mantenere le costituzioni, e a invigilare che non succedano abusi. Chi siete?

UFFIZIALE Un soldato.

NAIMANN Questo non basta. Ci vuole un grado di distinzione.

UFFIZIALE Eccolo: quest'uniforme rispettabile a tutti i sudditi dell'imperatore.

NAIMANN Siete uffiziale graduato?

UFFIZIALE Sono soldato.

NAIMANN Ma ci vuole qualcosa di piú, vi dissi, per appagare i miei nobili compagni; qualche fregio che vi distingua.

UFFIZIALE Aspettate (s'apre il vestito e mostra con dignità il petto) Ecco due ferite ricevute alla battaglia d'Inspruch. Presentatene il merito alla venerata adunanza, e ditele che quando essi si divertivano io riportava questi gradi di nobiltà, proteggendo i loro beni e le loro vite.

NAIMANN In questo caso ogni soldato comune può dire lo stesso. Ma, se il soldato ci serve, noi lo paghiamo.

UFFIZIALE (con ironia) Bravo! Questa risposta è degna di un gentiluomo vostro pari.

NAIMANN Avete altro a dirmi?

UFFIZIALE Nient'altro.

NAIMANN Quand'è cosí, non posso accettarvi.

VALSINGHER (a Naimann) Riflettete...

NAIMANN Che riflettere? Voi lo sapete meglio di me: se non è titolato, o per lo meno capitano, io non posso arbitrare e derogare ai principî della società. Mi rincresce, ma non posso servirlo. Addio, signori (parte).

BROM (Ne ho piacere).

VALSINGHER Questo è un affronto che vien fatto a me medesima.

UFFIZIALE Non andate in collera. Io lo soffro e rido.

VALSINGHER Quegli è un pazzo.

UFFIZIALE Per quanto sento, questa è una società di principi e marescialli.

VALSINGHER Sono tangheri.

BROM Come parlate signora?

UFFIZIALE Non fate strepito per me. Io rispetto le convenzioni e non mi offendo di nulla.

VALSINGHER Alle corte, signore: bramereste voi veramente di venire alla conversazione?

UFFIZIALE Se potessi farlo impunemente, ora ne ho piú voglia che mai.

VALSINGHER Datemi braccio e favorite di venire con me.

UFFIZIALE Ma poi?...

VALSINGHER Ma poi voglio vedere chi ardirà di farvi insulto al mio fianco.

STEIMBERGH Questa signora è vera dama, e di un sangue che non ha macchia.

VALSINGHER Fui moglie di un uffiziale ancor io, e sono torti miei i torti che si fanno ad un soldato.

UFFIZIALE Mi consolo di aver trovato una sí valente protettrice.

VALSINGHER Volete venire o no?

UFFIZIALE Succeda quel che vuole, sono con voi.

VALSINGHER Favorite.

UFFIZIALE Vi servo con tutto il piacere (dà braccio alla contessa, e parte con essa seguito dal conte).

BROM Ottimamente! Si è dimenticata di me. Maledetta! Non son chi sono, se non mi vendico (parte).

ATTO SECONDO

Scena prima

Sala illuminata, due file di tavolini da giuoco con sedie e canapè all'intorno, e un altro tavolino in fondo con carta e calamaio.

Il barone Velfen seduto ad un tavolino con la baronessa Stollen che ha un libro in mano; la baronessa Viltz seduta ad un altro con il barone Splinn; diverse altre dame e cavalieri qua e là seduti.

VELFEN (alla baronessa Stollen) Ma di grazia, siete venuta per leggere, o per far conversazione?

STOLLEN Avete ragione (serrando il libro e mettendoselo in saccoccia). Ma questo è per me un libro troppo caro e prediletto. L'ho fatto venir da Vienna ed è un piccolo tesoro.

VELFEN Frascherie!

STOLLEN L'avete letto?

VELFEN Io no. Quando veggo libri, mi annoio e mi vien sonno.

STOLLEN Oh, siete privo d'un gran gusto. Io al contrario ne porto sempre addosso qualcheduno, e quando ho un momento di libertà, me lo divoro cogli occhi. Questo l'ho letto almeno venti volte; cosí tutti gli altri; massimamente quando trattano di filosofia.

VELFEN Siete anche filosofa?

STOLLEN La filosofia è la mia passione.

VELFEN (È una gran cosa! Costei sa appena leggere, ed ha imparato ad essere filosofa; ed io, che ho studiato quattr'anni, sono un ...) E qual è la filosofia di questo vostro libro?

STOLLEN Basta dire che commuove, intenerisce; principalmente quando parla degli amori del Cavalier della Morte. Qui s'impara la stima e la servitú che avevano gli antichi cavalieri per le dame. È un libro che dovrebbe servir di modello a tutti gli uomini.

VELFEN E che m'andate dicendo di filosofia? Questo è un libro che parla d'amori.

STOLLEN E per questo? Sappiate che l'amore è un ramo di filosofia la piú perfetta; e chi non è filosofo, non sa amare.

VELFEN Ora capisco perché non ho fortuna colle donne.

STOLLEN Imparate la filosofia, e tutte vi correranno dietro.

VELFEN Ho inteso.

SPLINN (alla baronessa Viltz) Avete sentito quante sciocchezze ha detto quella signora?

VILTZ Ha il fanatismo d'esser letterata e dice spropositi da cavallo.

SPLINN Bisogna compatirla; ha avuta una educazione...

VILTZ Degna de' suoi antenati. Essi maneggiavano il martello invece dei libri.

SPLINN Zitto, zitto; non parliamo di malinconie.

VILTZ Ma che vuol dire ciò? A quest'ora siamo in poco numero.

SPLINN È presto... e poi in questa occasione le nostre signore saranno tutte a lisciarsi e mettersi in gala.

VILTZ Per me il mio liscio è sempre questo. Val piú un poco di buona grazia, che tutte le caricature del mondo. Vuol essere naturalezza e sans façons.

SPLINN Tutte non pensano come la baronessa Viltz.

VILTZ Perché sono brutte, signor barone Splinn, e vogliono rimediare ai difetti.

STOLLEN (al barone Velfen) Oh! sentite chi censura le altre! Che pazza! Ella vuole esser bella, e pare il ritratto della luna piena.

VELFEN Piano per carità, che non vi senta.

STOLLEN Io sono schietta.

VELFEN E questa schiettezza è anch'essa un ramo di filosofia?

STOLLEN Sí, signore: tutto è filosofia a questo mondo.

VELFEN Viva dunque la maldicenza filosofa!

STOLLEN Il malanno! Voi confondete una cosa coll'altra e non sapete quel che vi dite.

VELFEN (osservando) Ecco il presidente.

Scena seconda

Il barone Naimann, e i suddetti.

STOLLEN Ebbene, chi è il forestiere che brama l'onore della nostra conversazione?

NAIMANN Io non lo so. Stupisco del direttore che viene a propormi una persona non conosciuta.

VILTZ L'avete ammesso?

NAIMANN Guardi il cielo!

VILTZ Ma dunque con qual titolo pretende?...

NAIMANN Che so io? Egli ha creduto di farsi strada con una bravata da soldato. Io gli ho chiesto prove convenienti della sua condizione, e non ha saputo che rispondermi.

STOLLEN Non è dunque cavaliere?

NAIMANN Sarà un uffiziale di fortuna, a cui nelle passate campagne una cannonata propizia avrà fatto trovare un luogo vacante; qualche sergente innalzato sulla caduta del suo superiore.

VILTZ Quando tace, sarà cosí senz'altro.

STOLLEN Avete fatto benissimo a rifiutarlo.

VILTZ Giuochiamo (si muovono, chi qua e chi là, verso i tavolini da giuoco).

STOLLEN Il picchetto è il mio giuoco favorito.

VILTZ A testa a testa mi diverto di piú.

SPLINN Vi avverto a non gridare secondo il vostro solito.

VILTZ Sono docile come un agnello.

Scena terza

Il cavaliere Brom, e i suddetti.

BROM Signori, vi porto una bella novità.

STOLLEN Che cosa?

BROM A nostro dispetto avremo qui a momenti l'uffiziale forestiere.

NAIMANN Come?

BROM La gentilissima signora contessa mette in ridicolo la nostra circospezione; se lo è preso sotto il braccio e se lo conduce con sé, tutta gonfia del suo disprezzo per noi e della sua protezione per lui.

VILTZ Brava!

NAIMANN Questo è un insulto per tutti, un affronto al mio grado.

VELFEN Questa signora si arroga troppo e non ha alcun rispetto e subordinazione.

VILTZ Vuol essere discesa da Bovo d'Antona e si crede tutto permesso.

STOLLEN Aggiungete ch'è una pazzerella; e quando vede uffiziali, o forestieri, vuol far la graziosa con tutti.

VILTZ Non sa conservare il suo grado.

STOLLEN È una superba.

VILTZ Non istima il suo decoro.

SPLINN Questo poi non è vero.

VILTZ Che? Vorreste dare una mentita a me?

SPLINN Avete ragione: non istima il suo decoro, e non sa operare da dama.

NAIMANN Non soffrirò in alcun conto questo dileggio, questa libertà. L'uffiziale non entrerà in questo luogo.

STOLLEN Che volete fare? Qui non ci vuol caldo, ma politica e sangue freddo.

VILTZ Sapete che cosa sono gli uffiziali? Basta una parola per far loro cavar la spada fuori del fodero. Guardate di non esporvi a farvi ammazzare.

NAIMANN Dunque?...

STOLLEN Volete lasciarvi dirigere da me?

NAIMANN Sí, ben volentieri.

STOLLEN Se vi preme di vendicarvi, state tutti tranquilli e sedete. Fate soltanto quello che vedrete fare a me e non dubitate.

NAIMANN Ma io ho una smania...

STOLLEN Fate una volta sola a modo mio, e resterete contento.

VILTZ (osservando) Eccoli.

STOLLEN Silenzio. Nessuno risponda. Attendiamo a noi e mostriamo di non badare ad essi (tutti vanno a sedere, e si dispongono al giuoco).

Scena quarta

La contessa Valsingher seguita dall'Uffiziale e dal conte Steimbergh, e i suddetti.

VALSINGHER Riverisco questi signori.

UFFIZIALE (fa un inchino a tutti).

STEIMBERGH Padroni miei (nessun si muove).

VALSINGHER Mi son presa la libertà di arbitrare in favore di questo forestiere. Egli non deve essere soggetto alle convenzioni... E poi un uffiziale è sempre un nobile.

UFFIZIALE Assicuratevi che non è mia intenzione di alterare i vostri statuti e di far torto alla nobiltà.

STEIMBERGH Imploriamo per questa volta sola il grazioso permesso, e son certo che ci verrà accordato.

STOLLEN (fa segno agli altri di silenzio).

VALSINGHER (avvicinandosi alla baronessa Stollen) Come state, baronessa Stollen? (all'uffiziale) Alzatevi, signor militare: ecco qui una delle nostre piú affabili e distinte signore.

UFFIZIALE (andando egli pure verso la baronessa Stollen) È mio sommo piacere il conoscerla e rassegnarle il mio rispetto.

STOLLEN (fa un atto rispettoso e gli volta le spalle).

UFFIZIALE (alla contessa Valsingher) Non parla?

VALSINGHER È distratta nel giuoco: bisogna compatirla. (Alla baronessa Stollen) Non rispondete a questo signore, che sí gentilmente vi riverisce?

STOLLEN Grazie (sostenuta e senza guardarlo).

UFFIZIALE (rivolgendosi dov'è la baronessa Viltz) Ella, gentil damina, com'è favorita nel giuoco?

VILTZ (fa ciò che ha veduto fare alla baronessa Stollen).

UFFIZIALE (alla contessa Valsingher) Sono mute queste signore?

VALSINGHER Eh no! Vi assicuro che in qualche incontro parlano anche troppo.

STOLLEN (Sentite l'impertinente!)

UFFIZIALE (Questo ammutinamento predice qualche cosa).

VALSINGHER (Preveggo qualche scena). Accostatevi, signore, un'altra volta, e non le troverete né rozze, né incivili.

STOLLEN (fra i denti) (Che tu sia maledetta!)

UFFIZIALE Non m'arrischio piú a interrogarle; tuttavia... (sedendo accanto alla baronessa Stollen).

STOLLEN (si scosta un poco e dà segno d'essere incomodata dalla vicinanza dell'uffiziale).

UFFIZIALE Perdoni: le son forse d'incomodo?

STOLLEN (replica l'azione di sopra).

UFFIZIALE Se la mia vicinanza le dà noia...

STOLLEN (si alza) Serva umilissima (fa una riverenza, prende pel braccio il barone Velfen e parte con esso).

BROM (Bravissima!)

UFFIZIALE (alla contessa Valsingher) Questa se n'è andata.

VALSINGHER (con ironia) Eh non è niente: qui si va e si torna senza complimenti e con libertà. È la moda del paese.

BROM (Dottoressa, te ne accorgerai).

UFFIZIALE (tornando alla baronessa Viltz) Fatemi voi almeno la grazia di non disgustarvi.

VILTZ (s'alza e fa una riverenza) Padron mio riverito (parte prendendo pel braccio il barone Splinn).

BROM (Suo danno).

UFFIZIALE Per quanto veggo, con queste signore ho poca fortuna.

VALSINGHER (Ah maledette! Ora mi accorgo del giuoco e del loro puntiglio).

BROM (Ci ho gusto per la sua garbata protettrice. Le sta bene).

UFFIZIALE Se io sono antipatico alle donne, spero almeno di non esserlo agli uomini... (andando verso il barone Naimann, e il cavaliere Brom) È vero, signori miei? Io spero che voi, piú discreti, vorrete perdonarmi...

BROM Con sua licenza (parte).

NAIMANN La riverisco (parte seguito dalle altre dame e cavalieri della conversazione che innanzi di partire fanno tutti una riverenza).

Scena quinta

La contessa Valsingher, il conte Steimbergh, e l'Uffiziale.

UFFIZIALE Ottimo accoglimento!

VALSINGHER I baroni e le baronesse disparvero.

STEIMBERGH Ma che baronesse! ma che bravi baroni!

UFFIZIALE A poco a poco siamo restati soli.

VALSINGHER È meglio esser soli che male accompagnati (Io fremo).

UFFIZIALE Onde proviene un simile complimento?

STEIMBERGH Potete immaginarvelo: siete entrato come illegittimo e senza titoli, e per conseguenza siete reo di lesa nobiltà.

VALSINGHER Non badate a questi pazzi. Compatiteli e contentatevi, se vi piace, del rispetto che io e questo signore abbiamo per voi, che siete una persona che serve lo stato. I pregiudizi sono piú forti nei falsi nobili e nelle persone che non hanno pratica del mondo. Non ho rossore di dirlo, né temo di offendere i miei compatrioti. Col tempo e coll'esperienza diverranno migliori. Ora sono gonfi di un vano titolo, e questo stravolge la loro debole fantasia preoccupata dall'idea della grandezza.

UFFIZIALE Il vostro giudizioso discorso mostra la vera nobiltà, e mi compensa assai di questo piccolo insulto. A quest'ora io rido, e l'ho dimenticato.

VALSINGHER Se posso risarcirvi in miglior modo, io vi offro la mia casa. Non vi troverete un lusso di mobili, ma un onesto e cordiale accoglimento. Favorite di venirvi. Il signor conte ci terrà compagnia.

UFFIZIALE Gradisco la vostra offerta, ma non debbo accettarla. Questi signori forse assalirebbero con mormorazione indiscreta la vostra riputazione. A me tocca d'avere tutti i riguardi per una dama che ormai si è acquistata la mia stima.

VALSINGHER Voi dite benissimo: ed io non ci pensava. Restiamo dunque qui sinché vi aggrada.

UFFIZIALE Un altro momento e mi basta. Ma ditemi in grazia: onde nasce questa propensione che mostrate per me?

VALSINGHER Dalla buona opinione che ho per tutt'i militari che sanno unire la piacevolezza al valore e all'onestà. Io ne ho conosciuti parecchi, di cui l'anima è l'onore: mio marito era uno di questi. .

UFFIZIALE Mi rallegro di trovare la sposa di un onorato uffiziale.

VALSINGHER Dite la vedova.

UFFIZIALE Ohimè! Voi avrete perduto il vostro generoso compagno?

VALSINGHER Alla battaglia di Lintz. Egli si coprí colà di gloria e di ferite. Voi avrete sentito nominare qualche volta il maggiore Valsingher.

UFFIZIALE Quegli!

VALSINGHER Giudicate, se lo conosceste, qual debba essere il mio affanno per la sua perdita.

UFFIZIALE Se lo conobbi!... E a chi non erano noti la sua virtú e il suo braccio? Egli ha combattuto due volte nella mia colonna, facendo scudo al suo principe, ed io stesso fui ferito quasi al suo fianco.

VALSINGHER Voi mi traete le lagrime parlandomi cosf vantaggiosamente della memoria di mio marito.

UFFIZIALE Vi compiango. Egli era caro a tutti, caro all'imperatore stesso.

VALSINGHER Sembra però ch'egli l'abbia dimenticato.

UFFIZIALE Perché?

VALSINGHER Non fu molto riconoscente alla sua vedova ed a' suoi figliuoli.

UFFIZIALE Che dite? Io so che l'imperatore aveva dato certi ordini...

VALSINGHER Saranno stati mal eseguiti. Sovente un sovrano non può ricordarsi di tutto in un tratto; e i suoi ministri sono troppo freddi e negligenti nel rammentargli le persone a lui care.

UFFIZIALE Ciò che mi dite mi dispiace. Il maggiore ha dunque lasciati figliuoli?... Quanti?

VALSINGHER Due.

UFFIZIALE Di quale età?

VALSINGHER Tra i dieci e i dodici anni.

UFFIZIALE In che s'impiegano?

VALSINGHER Studiano la professione del padre, e nutrono la speranza d'imitarlo; ma prima hanno bisogno della grazia d'esser noti al loro sovrano.

UFFIZIALE Credete a me, lo saranno. Io vi presagisco bene. Il sovrano non dimentica chi ha meriti paterni e volontà di servirlo. Io vedrei volentieri questi vostri figli.

VALSINGIIER Per questo solo motivo fate dunque grazia di venire a casa mia.

UFFIZIALE Aspettate... Ho prima un debito verso alcune persone, il cui stato, forse, non permette loro di vegliare sino a notte avanzata. Mi preme di vederle prima che vadano a letto. Dopo verrò da voi. Vi prometto di non partire senza vedere i vostri figli. (Cava un taccuino) Intanto tollerate un'altra interrogazione. Vi è qui un certo scultore in pietra nominato Egidio? (aprendo e guardando il taccuino).

STEIMBERGHI Sí signore.

UFFIZIALE Ho somma curiosità di conoscerlo: egli è un uomo celebre nella sua professione.

STEIMBERGH Celebre? Come mai? Egli è un povero uomo che vive nell'oscurità e appena noto nel suo paese.

UFFIZIALE Lo so. L'uomo insigne non è piú apprezzato né in vita, né in patria. Ma io bramo di vederlo.

STEIMBERGH Se vi piace, vi sarò di guida a ritrovarlo.

UFFIZIALE Vi sarò tenuto. Cosí con piú soddisfazione passeremo dalla conversazione de' titolati a quella de' plebei.

Scena sesta

Il caffettiere, e i suddetti.

CAFFETTIERE È permesso, signori?

STEIMBERGH Che volete?

CAFFETTIERE È giunto alla mia bottega un lacchè che cerca di voi colla maggior premura. Basta dire che è cosí stanco che, appena chiesto di voi, è cascato in terra moribondo e senza fiato.

STEIMBERGH E cosí?

CAFFETTIERE Egli ha una lettera da consegnare nelle vostre mani, e non ad altri. Appena riavutosi, l'ho condotto qui da voi.

STEIMBERGH Entri... (all'Uffiziale) Con vostra permissione.

UFFIZIALE Servitevi.

CAFFETTIERE (verso la porta d'ingresso) Venite avanti, galantuomo.

Scena settima

Il lacchè, e i suddetti.

LACCHÉ Mai piú mi arrischio a una corsa simile. (Al conte) Siete voi, o signore, il conte di Steimberg?

STEIMBERGH Son io.

LACCHÉ Tenete questa lettera.

STEIMBERGH Onde venite?

LACCHÉ Da Gratz. In otto ore e un quarto ho misurato quindici leghe tedesche. Un cavallo barbaro non fa altrettanto.

STEIMBERGH Chi vi manda?

LACCHÈ Il visconte Wesfelt.

STEIMBERGH Ho pur ricevuto poc'anzi una sua lettera per mezzo di questo signore.

LACCHÈ E questa preme ancor piú.

STEIMBERGH (dandogli alcune monete) Tenete. Andate a riposarvi, e attendete i miei ordini.

LACCHÉ Che siate benedetto! Vi bacio la mano (osservando le monete) Questo è un balsamo che medica la stanchezza, e mi fa tornare da morte a vita (parte).

UFFIZIALE Il visconte Wesfelt.

STEIMBERGH Il vostro amico, e mio! Convien dire che l'affare sia di somma importanza (prende la lettera). Permettetemi.

UFFIZIALE Fate a piacer vostro.

STEIMBERGH (legge) «Con mio sommo stupore debbo avvertirvi che non ho ben conosciuta la persona che ieri vi ho raccomandata. Vi mando un corriere il piú spedito, perché possiate regolarvi nel trattare con lui. Lo credereste? Egli è...» (smarrito e fissando attonito l'uffiziale; lascia cadere il foglio) Oh Dio!

UFFIZIALE Che avete, signore? Vi è successa qualche disgrazia?

STEIMBERGH Non già (riprende la carta confuso e tremante).

VALSINGHER Siete rimasto attonito, impallidito...

STEIMBERGH (seguita a leggere) «Non conviene a voi dimostrare ch'io ve ne dia avviso. La politica v'insegni a dissimularlo, ma siate cauto nel diportarvi. Vostro amico» (torna a guardare l'uffiziale, indi abbassa gli occhi e dà qualche segno di timidezza e di rispetto, facendo qualche passo addietro).

UFFIZIALE Che avete, amico? Quella lettera vi ha molto turbato.

STEIMBERGH Signore... (imbarazzato).

UFFIZIALE (accostandosegli con destrezza e celerità) Se mai quella lettera parlasse di me, io ne suggello, come amico, qualunque sia, il segreto sulle vostre labbra (cavandosi un anello dal dito e avvicinandoglielo alla bocca).

STEIMBERGH Signore, non ho altro segreto per voi fuorché il rispetto che mi avete inspirato.

VALSINGHER (Che significano questi atti?)

UFFIZIALE La fortuna mi fa conoscere un uomo di merito. Noi ci stimeremo a vicenda. Favorite di accompagnarmi dall'artefice, di cui vi ho parlato.

STEIMBERGH È mia somma gloria l'esser degno de' vostri comandi.

UFFIZIALE Signora, vi rinnovo i miei ringraziamenti, e vi riverisco divotamente.

VALSINGHER Vi son serva, e vi supplico a ricordarvi di me.

UFFIZIALE Fate capitale di un vostro amico e di un vero estimatore delle vostre virtú (parte).

STEIMBERGH Signora contessa, mi consolo con voi e vi son servitore (in atto di partire).

VALSINGHER (correndogli dietro con premura) Di grazia, signor conte?...

STEIMBERGH Che vi occorre?

VALSINGHER Vi è qualche novità?... Quella lettera, quegli atti, il vostro cambiamento... quell'uffiziale s'ingrandisce ai miei sguardi, e mi divien sospetto... Sarebbe mai possibile?...

STEIMBERGH Non so nulla, né so che dirvi... Voi però se avete occhi, giudicate; e se il discernimento non vi manca, capite e regolatevi (parte).

VALSINGHER Tutto concorre ad avverare i miei dubbi. Il tratto, la fisonomia, la maestà... la lettera, la meraviglia del conte... tutto in fine mostra ch'egli è desso l'imperat... Ho io mancato in nulla? Mi sarebbe per avventura sfuggita qualche parola?... Io tremo... A che pericolo, a che ignoranza son io stata esposta! Fortuna, tu mi hai almeno aiutato a distinguerlo con decoro e senza viltà... Sí, sono senza colpa e mi sembra di essere tranquilla.

Scena ottava

La baronessa Stollen, la baronessa Viltz, il cavaliere Brom, il barone Velfen, il

25

barone Splinn, il barone Naimann, e la contessa Valsingher.

VILTZ Dov'è il forestiere?

STOLLEN È finita la conversazione a testa a testa?

VALSINGHER Sí, signori.

NAIMANN Contessa, vi siete presa una libertà senza esempio.

VALSINGHER Ne godo.

NAIMANN Ed io me ne condolgo.

STOLLEN Vi piace la conversazione di quell'uffiziale?

BROM La signora è dilettante di milizia.

VALSINGHER Frenate la lingua, e guardatevi dall'offendere chi non conoscete.

VILTZ Ella minaccia!

STOLLEN Ha ragione. A quest'ora ha per protettore il ferro di un soldato.

VALSINGHER Signori... cessate. Voi non sapete ciò che vi dite. Se conosceste il peso delle vostre parole, non parlereste cosí.

VILTZ Grazie dell'avviso.

STOLLEN Vedete com'è riscaldata!

VALSINGHER Addio (in atto di partire).

VILTZ Partite?

VALSINGHER Parto.

STOLLEN A trovar l'uffiziale?

VALSINGHER A far ciò che mi piace.

BROM Guardate come un quarto d'ora di conversazione con un militare la rende orgogliosa!

VILTZ Lo conoscete?

VALSINGHER Forse sí.

STOLLEN Chi è quel degno soggetto?

VALSINGHER È uno che per vostro rossore... (tutti ridono).

VILTZ Proseguite.

VALSINGHER Lasciatemi.

STOLLEN (ridendo forte) Ah! non siate cosí fiera.

VALSINGHER È meglio non rispondervi. Ora avete ragione; ma vi aspetto domani a ridere alle mie spalle (parte).

VILTZ Rideremo senza dubbio.

STOLLEN Umilieremo la preziosa, la vana, la superba.

VILTZ Non la posso vedere.

STOLLEN È una pazza piena d'affettazione.

VILTZ (al cavaliere Brom) E voi la soffrite?

BROM Io mi dimentico in questo punto di lei, e mi vergogno dell'amor mio (parte).

STOLLEN Siamo chi siamo; abbiamo piú quattrini di lei, e la faremo pentire del suo orgoglio (parte col barone Velfen).

VILTZ A suo marcio dispetto, pentire, piangere e disperarsi (parte col barone Splinn).

NAIMANN Ah questo non è ciò che piú mi dispiace! Quando penso a mio figlio che è tornato dalla sua bella... Bisogna sorprenderlo, troncare la tresca e punirlo (parte).

ATTO TERZO

Scena prima

Bottega da scultore con arco sul fondo e scala. Vari pezzi di marmo sparsi qua e là. In un luogo distinto un gruppo di statue, che rappresenta una femmina nuda cinta intorno da capo a piedi di una fiamma di luce, che calpesta col piede un'altra femmina vestita allegoricamente, che si sostiene con un braccio in terra e coll'altro si cava una bella larva e scopre un volto orrido con chiome sparse.

Egidio in sotto-abito corto, berretta in testa, e pianelle, seduto sopra un pezzo di marmo, tenendo sotto gli occhi una carta di disegno posta sovra un marmo piú alto che gli serve di tavolino; poi Luigia dalla scala con un piatto e una bottiglia.

EGIDIO (si alza col disegno in mano, prende il lume, va ad esaminare il gruppo, al cui lato vi è un altro lume da olio sopra un marmo vicino, e lo confronta col disegno, e dopo averlo osservato da tutt'i lati dice) Il mio disegno è perfettamente eseguito. (Torna al suo posto, ripone il lume e prende in mano un altro disegno) Anche questo dovrebbe riuscire a meraviglia... E poi quando avrò fatto tutto, che ne ritrarrò per mercede? Chi verrà a criticarlo, chi a lodarlo, e mi resterà un patrimonio di critiche e di lodi, e l'opera a conto mio. (Vedendo Luigia che scende) Brava! Metti qua quel piatto e quella bottiglia: questa sarà la mia cena.

LUIGIA E volete mangiar qui questa sera?

EGIDIO Non mi muovo piú di qua, finché non ho pulito il mio... (voglio dire cosí) il mio capo-d'opera. Tu sai a che fine ho fatto questo difficile lavoro. Se passa l'occasione che aspetto, ho perduto il tempo e la fatica.

LUIGIA O caro padre, se noi fossimo un poco piú fortunati!

EGIDIO Non disperare, o figlia; siamo fortunatissimi, quando non abbiamo rimorsi. Va a cena tu con Lucia.

LUIGIA Io non ho voglia di mangiare.

EGIDIO Va dunque a letto.

LUIGIA Il sonno non è piú per me (piangendo).

EGIDIO Povera figlia! non piangere. Io ho un presentimento che tutto anderà bene.

LUIGIA Ed io... Ah lasciatemi piangere, che ne ho troppa ragione (si asciuga gli occhi col grembiale, e parte).

EGIDIO Ma! che cosa vuol dire avere delle virtú sole, senza titoli e senza ricchezze! Esse non producono che sterili sentimenti e disgusti. Come mai è possibile?... Eh!... ma io non sono nato per consumarmi nell'afflizione. Grazie al cielo, ho sortito dalla natura un temperamento allegro: e se qualche volta m'acciglio e mi abbandono all'ipocondria, vi sono tirato pei capelli. L'uomo allegro vive piú lunghi giorni dell'ipocondriaco, e li vive assai meglio.

Scena seconda

Lucia, Egidio, poi l'Uffiziale.

LUCIA Signor Egidio! signor Egidio!

EGIDIO Che?

LUCIA Ha picchiato alla porta il conte di Steimbergh, ed ha seco un forestiere che brama di vedervi.

EGIDIO Venga pure.

LUCIA (parte, poi torna).

EGIDIO Che vuole da me a quest'ora un forestiere?

UFFIZIALE (preceduto da Lucia) Siete voi Egidio lo scultore?

EGIDIO (s'alza e si cava la berretta) A' vostri comandi... (a Lucia) Dov'è il conte?

LUCIA È partito.

UFFIZIALE Ritornerà: io lo aspetto qui. Scusate se l'ora è inopportuna; ma io non ne ho altra migliore, poiché parto domani, e non voglio partire senza conoscervi.

EGIDIO Vi ringrazio... In che posso servirvi? Che vi occorre da me?

UFFIZIALE Forse molto.

LUCIA (Un uffiziale! Come mi piace questo vestire! Io m'incanto a guardarlo e vi lascio gli occhi addosso).

EGIDIO Signore, andiamo sopra, se vi aggrada, e troveremo un luogo piú pulito.

UFFIZIALE No, no. Dove volete che trovi un luogo piú decente di questo che mostra la vostra gloria fra i testimoni dell'arte e del genio?

EGIDIO Voi cominciate dal farmi arrossire. Io sono un meschino artefice, che non ha altro di buono fuorché il desiderio di divenir migliore. Mi rincresce che non ho nemmeno il mezzo di esibirvi da sedere. Lucia, va e porta tu stessa...

UFFIZIALE Non v'incomodate. Che piú bei sedili di questi, che fra poco saranno animati dal vostro scarpello? (siede sopra un pezzo di marmo) Io sto benissimo. Sedete pure voi, e trattiamoci da amici.

EGIDIO Troppa bontà (siede).

UFFIZIALE (osservando Lucia) Che fate, bella giovane? Voi mi guardate molto attentamente.

LUCIA (coprendosi il viso) (Oh! mi vergogno). Serva sua (partendo).

UFFIZIALE Ascoltate.

LUCIA Non posso.

UFFIZIALE Perché?

LUCIA Sono divenuta rossa.

UFFIZIALE Voglio sapere il motivo, perché mi guardate cosí fiso.

LUCIA Compatite. Non l'ho fatto per inciviltà... ma il genio, la curiosità...

UFFIZIALE Terminate.

LUCIA L'ho da dire?

UFFIZIALE Dite pur francamente.

LUCIA Io vi guardava...

UFFIZIALE Perché?

LUCIA Perché mi piace questo vestito, e molto più quegli che lo porta. Serva sua (fugge).

Scena terza

L'Uffiziale, ed Egidio.

EGIDIO Perdonate alla sua semplicità.

UFFIZIALE Mi piace e mi diverte. Però non vorrei incomodarvi.

EGIDIO Anzi mi fate onore.

UFFIZIALE Come ve la passate?

EGIDIO Come uno scultore de' nostri tempi.

UFFIZIALE Vale a dire?

EGIDIO Povero ed allegro.

UFFIZIALE Voi povero?

EGIDIO Che meraviglia? Non sapete ancora che da due secoli in qua pittura, scultura e poesia sono i sinonimi della miseria?

UFFIZIALE Il detto è verissimo, applicato ai cattivi: ma i buoni, come siete voi...

EGIDIO Chi vi ha detto ch'io sia buono?

UFFIZIALE Le vostre opere.

EGIDIO Ne avete voi veduta qualcheduna?

UFFIZIALE Sí.

EGIDIO Dove?

UFFIZIALE A Vienna, nel giardino imperiale.

EGIDIO Ah! sí, sí, è vero. Tempo fa ne furono comprate due a conto della corte (mi dicono). Una era la statua del buon Alberto primo, l'altra di Ridolfo.

UFFIZIALE Tutti le ammirano e sono anche stimate dall'imperatore.

EGIDIO Con vostra buona grazia, bisogna che vi dia una mentita.

UFFIZIALE Perché?

EGIDIO Perché, se fossero state stimate, non mi sarebbero state pagate cosí poco.

UFFIZIALE Io so che furono sborsati per quelle statue cinquecento zecchini.

EGIDIO Come siete facile a credere! Levate i due terzi e la somma anderà bene.

UFFIZIALE Cosí poco?

EGIDIO Cosí poco.

UFFIZIALE Io non credo che l'imperatore sia stato cosí ingiusto...

EGIDIO L'imperatore sarà stato giustissimo, avrà pagato cinquecento: ma io non ho ricevuto che cento e settanta.

UFFIZIALE Come mai? Desidererei di sapere...

EGIDIO Oh lasciamo questo discorso, e non rammentiamo malinconie. Di grazia, o signore, chi vi ha messo in capo di venire da me?

UFFIZIALE La stima che ho del vostro merito.

EGIDIO Questa è forse la prima volta che ho sentito la lode netta e schietta in faccia mia, senza mescolanza d'agro e di dolce. Ma nemmeno per questo m'insuperbisco.

UFFIZIALE Avete molti lavori presentemente?

EGIDIO Quasi nessuno.

UFFIZIALE Onde proviene che fra tanto lusso che regna al giorno d'oggi, non vi è quello che favorisca una professione cosí bella!

EGIDIO Eh signore! i marmi non sono piú in moda. Ora piacciono le sculture di carne e queste vuotano gli scrigni ed esercitano la fantasia degli uomini illuminati. Che marmi? Ci vuol altro che marmi per far fortuna!

UFFIZIALE Dubito che abbiate ragione.

EGIDIO Mi pare di sí. Colla sola professione sarei morto di fame.

UFFIZIALE E di che vivete?

EGIDIO Del frutto di pochi campi che mi ha lasciati mio padre.

UFFIZIALE Sarete disgustato della vostra professione.

EGIDIO Al contrario questa è la professione di tutti i miei antenati; la considero come una virtú ereditaria della famiglia, e la coltivo per genio e con trasporto.

UFFIZIALE Voi avreste bisogno dell'appoggio di qualche principe per far uso con comodo del vostro talento.

EGIDIO (ride).

UFFIZIALE Ridete?

EGIDIO Non volete ch'io rida?

UFFIZIALE Per qual motivo?

EGIDIO Scusate, ma queste sono le solite freddure che si dicono a un uomo che ha ingegno, invece di aiutarlo.

UFFIZIALE (battendogli sulla spalla) Bravo, amico, bravo! La vostra vivacità mi piace, e coglie nel vero.

EGIDIO Ecco chi m'infonde lo spirito e la vivacità (additando la bottiglia). Quando ho una bottiglia, un pezzo di marmo, e il mio scalpello, sfido l'ozio e la malinconia a farmi paura. Inganno le ore, e son piú contento di un re.

UFFIZIALE Che avete ora di bello per le mani?

EGIDIO Quel gruppo che vedete colà.

UFFIZIALE Per chi serve?

EGIDIO Per me e per tutt'i begli spiriti del secolo che vorranno dargli un'occhiata.

UFFIZIALE Lo vedrei volentieri.

EGIDIO Subito (prende il lume e l'accompagna verso il gruppo di statue). Avvicinatevi e ditemi il vostro parere.

UFFIZIALE L'opera mi par bella, ma non l'intendo.

EGIDIO Se avessi la sorte di farla vedere all'imperatore!...

UFFIZIALE E s'egli la vedesse?

EGIDIO Vorrei farmi coraggio e dirgli all'orecchio che trattasse i moderni sapienti, i moderni filosofi nel modo appunto che quella figura tratta l'altra che è sotto a' suoi piedi.

UFFIZIALE Che cosa significa quella figura trionfatrice?

EGIDIO È la verità.

UFFIZIALE E quell'altra sotto i suoi piedi?

EGIDIO È la filosofia avvilita e smascherata dalla verità.

UFFIZIALE Come! Voi trattate cosí male la filosofia?

EGIDIO Volesse il cielo, ch'io potessi farlo davvero! Mi dispiace ch'è soltanto una filosofia di pietra.

UFFIZIALE Siete forse nemico della filosofia?

EGIDIO Come lo sono della peste e del diavolo.

UFFIZIALE Qua poi non posso applaudirvi. Come? La filosofia, prima scienza dell'universo, madre di tutte le virtú...

EGIDIO Non è quella di cui vi parlo. È la filosofia del nostro secolo. Guardatela bene in viso e scoprirete chi è.

UFFIZIALE Veggo una bella larva che si distacca da un viso orribile.

EGIDIO Ebbene riconoscete in quel viso l'ipocrisia, che a' nostri giorni ha preso la maschera della filosofia. La verità l'ha colpita, e la mostra all'universo nel suo vero aspetto. Questa è quella che con false sembianze seduce gli spiriti, gli inganna, gli avvelena. Ecco la maestra dei sistemi e degli errori, la promotrice de' vizi e del libertinaggio, la corruttrice dei cuori, la peste delle nazioni. Guai a chi se le avvicina! Egli succhia la morte e perisce per le sue mani.

UFFIZIALE (guardando con maraviglia) Amico, mi consolo con voi. Voi mi parlate in un modo che mi fa stupore.

EGIDIO Sospendete il vostro giudizio. Invece sappiate ch'io vi parlo come un pappagallo. Questa è una lezione che non è mia, ma l'ho appresa bene, mi piace moltissimo, e mi è passata al cuore ed all'anima.

UFFIZIALE Da chi l'avete appresa?

EGIDIO Da un mio fratello.

UFFIZIALE Voi avete un fratello?

EGIDIO Sí signore: ed è un uomo assai letterato.

UFFIZIALE Dov'è?

EGIDIO È qui con me; ma è cieco, infermiccio, e ormai non è piú che l'ombra di quello che fu.

UFFIZIALE Lo vedrei volentieri.

EGIDIO Quando vi piace; e son certo che parlando con lui, vi troverete piacere.

UFFIZIALE Ritorniamo a noi. Quest'opera e queste massime onorano la scultura e il professore.

EGIDIO Noi serviamo alla favola ed alla storia; chi ci vieta di servire alla critica e alla morale?

UFFIZIALE Sarebbe desiderabile che tutti v'imitassero.

EGIDIO Ma non farebbero quattrini. Val piú una Venere lasciva con cento difetti, che un capolavoro di Michelangelo che mostri la modestia e la gravità.

UFFIZIALE Bravo! Viva il signor conte!

EGIDIO (si volta a guardare indietro) Dov'è?

UFFIZIALE Chi?

EGIDIO Il signor conte.

UFFIZIALE (ridendo e battendogli una mano sulla spalla) Buon uomo! (gli volge le spalle e vede Luigia).

Scena quarta

Luigia, che scende dalla scala, si mette a sedere sull'ultimo gradino, appoggiando il volto sulle sue mani; e i suddetti.

UFFIZIALE Chi è quella giovane che siede là in fondo e mi par mesta?

EGIDIO Poveretta! È anch'essa una vittima dei pregiudizi.

UFFIZIALE È qualche cosa del vostro?

EGIDIO E mia figlia.

UFFIZIALE Che fa là sola?

EGIDIO Pensa al suo stato.

UFFIZIALE Chiamatela.

EGIDIO Ehi! Luigia, vieni avanti: questo signore brama di conoscerti.

LUIGIA (si alza lentamente in atto d'avanzarsi, e si volge tutto ad un tratto verso la porta d'ingresso esclamando) Oh Dio! Eccolo, è desso (corre verso la detta porta).

UFFIZIALE Con chi parla? Che vuol dir questo trasporto!

Scena quinta

Il barone Odoardo, che esce involto in un cattivo tabarro, e i suddetti.

ODOARDO (corre verso Luigia) Ah mia cara Luigia! (l'abbraccia).

LUIGIA Sei tu?

ODOARDO Son io, che per vederti non curo pericoli e sfido i miei tiranni.

UFFIZIALE (ad Egidio) Che dic'egli?... E chi è quell'uomo?

EGIDIO Oh se sapeste tutto!... Questo è l'unico scoglio, in cui si rompe la mia quiete, e non so come superarlo. Quegli è lo sposo di mia figlia.

UFFIZIALE Dunque qual precauzione?... (ad Odoardo) Amico, fidatevi di me.

EGIDIO (ad Odoardo e a Luigia) Via, quando avrete finito, fate due complimenti anche a questo signor uffiziale.

ODOARDO Eccomi caro suocero... (osservando l'uffiziale) Che vedo? Voi qui, signore?

UFFIZIALE Io non m'inganno... Siete pur voi che poche ore fa...

ODOARDO Son quello e non mi vergogno d'esser da voi sorpreso in questo luogo e in questo stato.

UFFIZIALE Che significa quell'equipaggio e quella trasformazione?

ODOARDO Con questo, signore, mi nascondo agli occhi degli esploratori, alla persecuzione di un padre, anzi di un tiranno.

UFFIZIALE Non mi avete voi detto che bramavate di abboccarvi con me?

ODOARDO Sí, signore; io cerco aiuto da voi e da tutti.

UFFIZIALE Ecco dunque che la sorte vi è propizia. Ditemi qui ciò che dovevate dirmi al mio albergo.

ODOARDO Io sono un disperato.

UFFIZIALE Perché?

ODOARDO Questa è mia moglie.

UFFIZIALE Lo so.

ODOARDO Guardatela.

UFFIZIALE La vedo.

ODOARDO Non è vero ch'essa è la piú bella...

UFFIZIALE Vi avverto ch'io non ho gli occhi di un amante.

ODOARDO Sappiate ch'essa è ancora la piú amabile, la piú virtuosa...

UFFIZIALE Questo è un elogio ch'io stimo e che fa onore a tutti due.

ODOARDO Or bene, con inumano esempio mi si comanda di tradirla e di sacrificarla.

UFFIZIALE Da chi?

ODOARDO Da mio padre.

UFFIZIALE L'avete forse sposata senza il suo consenso?

ODOARDO Questa è la mia colpa.

UFFIZIALE E vi par poco?

ODOARDO Ho errato, lo confesso; ma questa infelice tradita dall'amor mio, questo buon padre ingannato da me, perché son condannati a sentirne il rammarico e il danno? Io cerco grazia per loro e non per me.

UFFIZIALE Essi dunque non sono a parte...

ODOARDO L'amore che intraprende tutto mi suggerí una menzogna per ottenere Luigia. Senza questa io la perdeva per sempre; ed io considerava l'amarla una virtú e l'acquistarla un tesoro.

UFFIZIALE Proseguite.

EGIDIO Dirò io, signore. Un amante è solito a far digressioni. Parlerò io.

LUIGIA Non lo dipingete con tristi colori, padre mio.

EGIDIO No, figlia. Io gli ho già perdonato, e non sono capace... Or dunque, signore, io non voleva accordargli questa figlia, che è la cosa piú cara ch'io abbia al mondo, perché era certo che suo padre non si sarebbe degnato d'imparentarsi con me. Malgrado ciò, piú che crescevano gli ostacoli, piú si riguardavano l'un l'altro come sposi. Un momento sfortunato (voi m'intendete) confermò il loro fatale segreto. L'uno voleva ammazzarsi, l'altra periva nell'affanno. Si sono gettati ai miei piedi, ed a quelli di un di lui zio, uomo onesto e senza pregiudizi, che per minor male, acconsentí che Odoardo la sposasse, promettendo di farsi mediatore presso suo padre. Egli è morto improvvisamente e ci lasciò tutti immersi in un mare di amarezze.

UFFIZIALE L'ingannare un padre è sempre grave delitto; e s'egli ne freme...

ODOARDO La cosa è fatta, signore. Che serve perseguitarci con odio implacabile?

UFFIZIALE E che pretende adesso vostro padre?

ODOARDO Di separarci.

UFFIZIALE Come! Malgrado il vostro mancamento, il matrimonio è valido.

ODOARDO Vogliono separarci, vi dico. L'interesse e l'ambizione sono uniti per commettere una violenza. Si chiama il nostro matrimonio co' nomi odiosi di clandestino, contrario alle leggi, nullo, e meritevole di punizione. Per carità mi diano la morte, ma non mi dividano da lei.

LUIGIA Se mi tolgono Odoardo, mi levino la vita. Senza di lui non so che farne.

EGIDIO Li sentite? Non fanno veramente compassione?

UFFIZIALE (A dir vero m'inteneriscono) Quanto tempo è che siete maritati?

LUIGIA Un anno.

UFFIZIALE E dopo un anno pensano a separarvi?

EGIDIO Signore, siamo giunti a segno, che si usa la prepotenza e si minaccia. Intanto si è fatto un precetto a lui, sotto pena del carcere, e a lei di non riceverlo in casa sotto pena di esser chiusa in un ritiro. Ambidue si raccomandano al cielo, agli stratagemmi, alla fortuna per vedersi qualche volta e consolarsi; e si amano piú che mai nel pericolo e nella disgrazia.

UFFIZIALE Mi sembra impossibile che si eseguisca una violenza e che venga approvata.

EGIDIO Eh signore, chi ha piú denari, ha piú ragione.

UFFIZIALE Non sempre. (Ad Odoardo) Chi è vostro padre?

ODOARDO Il barone Naimann.

UFFIZIALE Il presidente della...

ODOARDO Quello.

UFFIZIALE Ho capito. E qual è il fondamentale motivo della sua avversione?

EGIDIO Mancanza di dote e, ciò che piú lo disgusta, mancanza di titoli.

UFFIZIALE Ah, ah... (ridendo) Ma questo è poco male.

EGIDIO Anzi è un male irrimediabile.

UFFIZIALE Io scommetto che voi tra poco comprate una contea.

EGIDIO Con che?

UFFIZIALE Col vostro merito.

EGIDIO È tanto possibile, come il comprar l'ali ad un asino e farlo volare.

UFFIZIALE Basta: io sono un poco astrologo e non mi ritratto.

EGIDIO Vi assicuro che questa volta perdete il merito dell'astrologia.

UFFIZIALE Mi rincrescerebbe.

EGIDIO Eh di grazia lasciamo queste inezie.

UFFIZIALE Lasciamole pure. (Ad Odoardo) Ma a proposito io mi scordava... Non mi diceste che bramate di gettarvi a' piedi dell'imperatore?

ODOARDO Questo sarebbe l'unico mio rifugio.

UFFIZIALE E che vorreste da lui?

ODOARDO Pietà, giustizia, compassione per la mia povera sposa.

UFFIZIALE Questo è facile.

EGIDIO Voi fate tutto facile, ed io credo tutto difficile.

UFFIZIALE Vi compatisco.

Scena sesta

Lucia dalla scala, e i suddetti.

LUCIA Oh signori, signori... allegrezza, illuminazioni! un giubilo di popolo... Salite tosto alla finestra e vedrete tutto.

EGIDIO Che cosa?

LUCIA Un andare, un tornare, un correre di gente e di carrozze... Nobiltà in moto... È venuto, è venuto...

EGIDIO Chi?

LUCIA L'imperatore.

ODOARDO Oh benedetto! Se il suo arrivo fosse il termine delle nostre afflizioni!...

EGIDIO Questa sarebbe un'occasione...

Scena settima

Il conte Steimbergh, e i suddetti.

STEIMBERGH Signore, quando volete partire, si è trovato il modo di soddisfarvi.

UFFIZIALE Vi ringrazio.

EGIDIO Signor conte, è vero ciò che dice Lucia?

STEIMBERGH E che dice?

EGIDIO Ch'è arrivato il sovrano!

STEIMBERGH Si grida di sí.

UFFIZIALE E voi cosa dite, signor direttore?

STEIMBERGH Voi potete leggere sulla mia fronte la mia risposta. (Qui ci vuol cautela).

ODOARDO (al conte). Dov'è alloggiato?

STEIMBERGH Tutti corrono alla posta.

ODOARDO Come si potrebbe ottenere la grazia di parlargli?

STEIMBERGH Raccomandatevi a questo signore.

UFFIZIALE Io farò ciò che posso.

EGIDIO Animo dunque; se avete mezzi, aiutate questi poveri disgraziati.

UFFIZIALE Sí, voglio farlo e vi prometto di riuscirvi.

EGIDIO Che il cielo vi benedica! Non posso contenermi dall'abbracciarvi. (A

Lucia) Va', Lucia, va' tosto e porta tre o quattro bicchieri. (Lucia parte, poi torna).

UFFIZIALE A che farne?

EGIDIO Voglio che beviamo un bicchiere di vino alla salute dell'imperatore. Scusate la confidenza: voi ci farete quest'onore e sarete dei nostri.

UFFIZIALE Volentieri; per un sí bel motivo mi unisco al vostro buon cuore.

LUCIA (che torna con sottocoppa e bicchieri) Servitevi da voi. Io ritorno alla finestra a sentire ciò che succede (posa tutto sopra un pezzo di marmo e parte).

EGIDIO Qua (prende la bottiglia, versa il vino, e lo distribuisce) Prima al forestiere... poi al signor conte... e questo a me... Voi altri servitevi da voi stessi (bevendo) Viva il nostro benefico imperatore!

STEIMBERGH (e tutti gli altri) Viva!

EGIDIO (accostandosi in confidenza all'orecchio dell'uffiziale) Di grazia, signore, scusate la mia libertà... Chi siete voi veramente?

UFFIZIALE A dirvi il vero, sono un amico dell'imperatore.

EGIDIO Amico! Tanto meglio (bevendo). Alla salute dell'amico dell'imperatore.

UFFIZIALE Obbligato.

EGIDIO (un'altra volta come sopra) Veramente amico?

UFFIZIALE Amicissimo.

EGIDIO Son fuori di me per il giubbilo.

UFFIZIALE Questo vino è assai buono.

EGIDIO È quello che mi dà l'estro per fare le statue che avete lodato... Scusate, se non vi ho conosciuto.

UFFIZIALE Non importa (rende il bicchiere).

EGIDIO Ne volete un altro bicchierino?

UFFIZIALE Basta.

EGIDIO Mi raccomando a voi, vi raccomando queste creature.

UFFIZIALE Non dubitate che sono bene raccomandate.

LUIGIA Ah signore!...

ODOARDO Proteggeteci con tutta la premura.

UFFIZIALE Fidatevi e rimanete tranquilli.

EGIDIO Guardate che buon signore! Il cielo ce l'ha mandato.

UFFIZIALE Signor conte, compite l'opera della vostra amicizia, e fate sapere a chi deve condurmi ch'io partirò fra due ore.

STEIMBERGH Io non so ambire di piú che l'onore dei vostri comandi (parte).

EGIDIO Fra due ore! Ma dunque in sí poco tempo...

UFFIZIALE Non vi affannate. In due ore faremo tutto... Intanto mantenetemi la vostra parola.

EGIDIO Quale?

UFFIZIALE Quella di condurmi da vostro fratello.

EGIDIO Avete ragione.

UFFIZIALE Andiamo, signor conte.

EGIDIO Conte un... Me la fareste dire. Volete seguitare a burlarmi?

UFFIZIALE (ridendo) Buon uomo, buon amico! Andiamo, andiamo (gli volge le spalle e s'incammina).

EGIDIO (prende il lume ch'è sul marmo) Io vi precedo. La venuta del principe, la vostra visita m'hanno infuso un giubbilo, un brio, che non capisco nella pelle. Coraggio, o figli. Il cielo non abbandona i miserabili. Prendete l'altro lume e accompagnate il nostro protettore (va innanzi seguito da Odoardo, che prende il lume ch'è accanto al gruppo, e precede l'uffiziale, e con Luigia unitamente ascendono tutti la scala).

ATTO QUARTO

Scena prima

Camera istrutta a forma di libreria, con sedie e tavolini.

Ferdinando seduto in una sedia d'appoggio a un tavolino, sopra cui vi è un piattello voto, un lume, due caraffe, una d'acqua, l'altra di vino. Ha un abito oscuro all'antica abbottonato, una zazzera di capelli bianchi, un ciglio folto, le calze e le scarpe parimente all'antica. Egli è nell'atto di bere una caraffa d'acqua. Dopo averla bevuta, sta un poco in silenzio a capo chino.

FERDINANDO La mia piccola cena è finita... (Sollevando il capo) Sia ringraziato il cielo. Anche questa giornata è scorsa per me tranquillamente senza rimorsi. (Si alza con fatica, tira la sua sedia d'appoggio verso un lato del suo tavolino e torna a sedere) Questa sera tutti mi hanno abbandonato (mette le mani or nell'una, or nell'altra scarsella e, non trovando ciò che mostra di cercare, va palpando qua e là sul tavolino e urta colla mano nella lucerna, che cade).

Scena seconda

Lucia, e il suddetto.

LUCIA (entrando) Cosa avete fatto?

FERDINANDO Non lo so. Le mie mani hanno urtato in qualche cosa; e qualche cosa s'è rotta.

LUCIA È caduta la lucerna.

FERDINANDO Manco male. Il caso ha avuto piú giudizio di noi.

LUCIA Perché?

FERDINANDO Tu mi lasci la lucerna? Non è questo un benefízio inutile per un cieco?

LUCIA Lo so; ma ve l'ho lasciata per comodo degli altri e per comodo mio.

FERDINANDO La tua ragione è migliore, ed io non mi vergogno d'avere il torto (seguitando a cercare sul tavolino). Ella dev'esser qui.

LUCIA Che cosa?

FERDINANDO La mia tabacchiera.

LUCIA Vado a prendere un altro lume (parte, poi torna).

FERDINANDO A che condizione sono io ridotto! Superbia umana, tu che sollevi nello stato di prosperità il tuo capo contro il cielo, mira la tua debolezza. Se la natura ritira un solo de' suoi doni, ti umilia a' piedi di tutti e ti rende bisognoso di tutto.

LUCIA (che torna con un lume) Dov'è questa tabacchiera?

FERDINANDO L'ho messa qua sopra.

LUCIA Qua sopra non v'è niente.

FERDINANDO Ma...

LUCIA Aspettate (va col lume a un'altra tavola e cerca) Eccola qua su quest'altro tavolino.

FERDINANDO Oimè! Ho perduto la vista e comincio ad accorgermi che son vicino a perdere la memoria.

LUCIA Tenete (gli dà la tabacchiera).

FERDINANDO Levami d'intorno quest'impicci.

LUCIA Sto facendolo (levando l'apparecchio).

FERDINANDO (prende una presa di tabacco).

LUCIA Avete mangiato con appetito?

FERDINANDO Sí.

LUCIA Questo è buon segno.

FERDINANDO Quel forestiere è ancora a basso?

LUCIA Vi è.

FERDINANDO Che vuole?

LUCIA Oh, io credo che voglia farci del bene.

FERDINANDO Oh figlia! Gli uomini che fanno del bene al suo prossimo, sono rari.

LUCIA Ma questo ha un'aria, un fare che consola, ed io starei là fino a domani a guardarlo, ad ascoltarlo a bocca aperta. È un signore differente dagli altri signori; e quando lo dico io, so quel che dico e potete credermi.

FERDINANDO Sí, figlia; sí (sorridendo e mostrando di credere).

LUCIA Se aveste sentito ciò che ha detto... Ma io non bado tanto alle sue parole, quanto al modo di pronunziarle e al viso che le accompagna. Voglio raccontarvi...

FERDINANDO Va', Lucia; riponi quella roba, e me lo racconterai un'altra volta.

LUCIA Avete ragione, poiché arriva gente a disturbarci. A rivederci un'altra volta (prende la roba ch'è sul tavolino e parte).

Scena terza

Egidio, l'Uffiziale, il barone Odoardo, Lucia, e Ferdinando.

EGIDIO Addio, fratello.

FERDINANDO Addio. Hai terminato il tuo lavoro?

EGIDIO Non ancora. È venuta una persona a interrompermi. Ma ho piacere di questa interruzione. Rallegrati, o Ferdinando.

FERDINANDO Di che?

EGIDIO Finalmente ho ritrovato chi proteggerà la mia figlia.

FERDINANDO Protettor maschio, o protettor femmina?

EGIDIO Maschio, maschio.

FERDINANDO Giovane, o vecchio?

EGIDIO Giovane.

FERDINANDO Di che condizione?

EGIDIO Sublime.

FERDINANDO Oimè!

EGIDIO Che vuol dire questo oimè?

FERDINANDO Queste qualità non mi piacciono.

EGIDIO Perché?

FERDINANDO Tua figlia è giovane, e non brutta. Leva l'uno o l'altro, e sparirà il protettore.

EGIDIO Spiegati meglio.

FERDINANDO Intendimi, se lo vuoi, o fratello. Ho detto quanto basta.

UFFIZIALE Buon vecchio, voi mi scagliate un'ingiuria ch'io credo di non meritarmi. Ma vi prego prima a conoscermi.

EGIDIO O fratello, si può ben dire che questa volta tu hai parlato alla cieca.

FERDINANDO Egli è dunque presente, e tu non me ne hai avvisato? Chiunque siate, scusate, o signore. Io vi ho parlato coi termini volgari dell'esperienza. Avrò piacere d'ingannarmi.

EGIDIO Appunto. Se tu potessi vederlo! Queste sono di quelle fisonomie che non ingannano.

FERDINANDO Chi è?

EGIDIO Un soldato, ma di alto grado.

FERDINANDO Soldato! Datemi, o signore, la vostra mano.

UFFIZIALE (porgendo la mano a Ferdinando) Eccola.

FERDINANDO Vi domando perdono; vi rendo la mia stima e vi accetto per protettore.

UFFIZIALE Voi mi sembrate molto amico del nome e del carattere di soldato.

FERDINANDO Sí: è ormai l'unica gente ch'io stimo. Tutto il resto mi fa compassione.

UFFIZIALE Perché?

FERDINANDO Il soldato, o signore, è depositario dell'onor vero. Egli solo ci conserva l'idea del buon ordine, della cieca obbedienza, della subordinazione. I nostri letterati, falsi lumi del secolo, dísputano sulle leggi; egli si contenta di saperle; quelli entrano con spirito ribelle a esaminarle: questi ne rispetta gli arcani e si limita ad obbedirle. Essi, infine, si contraddicono e generano la confusione; il soldato, sempre eguale a se stesso, fa riparo alla licenza e mantiene la disciplina.

UFFIZIALE Voi parlate in un modo che risveglia la mia attenzione, e mi sembrate piú grande che non vi ho creduto.

EGIDIO Eh, eh! se tirerete avanti, sentirete il vero Cicerone della Germania.

UFFIZIALE Egli sembra molto vecchio.

EGIDIO Eppure è piú giovane di me.

UFFIZIALE Piú giovane? come mai? Voi comparite robusto e in una perfetta virilità. Egli al contrario...

EGIDIO Signore, sappiate che io ho faticato col corpo ed egli collo spirito.

FERDINANDO Questi capelli canuti e un'immatura vecchiezza sono il premio dell'uomo pensatore. Mio padre, di cui benedico la memoria, ha voluto distinguermi; egli ambiva di avere un sapiente nella sua famiglia e mi ha trasportato dallo scalpello ai libri. Che grazia fatale ha voluto farmi! Ho studiato molto, ho brillato anch'io fra i letterati del secolo. Mi sembrava da principio di dominare sui secreti della natura, ma ho veduto il mio inganno. Due terzi della nostra scienza sono vanità e muoio confessando di non saper nulla.

UFFIZIALE Quanto tempo è che siete cieco?

FERDINANDO Tre anni.

UFFIZIALE Come sopportate la vostra disgrazia?

FERDINANDO Tranquillamente. Tra i beni che mi toglie e i disgusti che mi risparmia, sono compensato abbastanza.

UFFIZIALE Sembra che facciate plauso alla vostra cecità.

FERDINANDO Quasi; e s'ella mi priva di godere lo spettacolo luminoso della natura, non veggo nemmeno i disordini che la degradano, non le tinte artifíziose degli uomini che la trasformano, non gli omaggi adulatori, non le finte carezze, i falsi sorrisi, le insidie... infine non veggo i delitti.

EGIDIO (all'uffiziale) Rispondetegli, se vi basta l'animo.

UFFIZIALE Voi siete un uomo assolutamente grande.

EGIDIO Eh per bacco! lo so ancor io. Non darei mio fratello per tutto l'oro che ha ne' suoi scrigni l'imperatore.

UFFIZIALE Piú che io lo guardo, piú mi sembra che la sua idea non mi sia nuova. Io dovrei avervi veduto in qualche luogo.

FERDINANDO Niente di piú probabile. Foste mai in Vienna?

UFFIZIALE È la mia patria.

FERDINANDO Ebbene mi avrete veduto colà, dove fui per dodici anni e con onore, se volete informarvene.

UFFIZIALE Che facevate?

FERDINANDO Vi esercitava la carica di professore di diritto naturale nell'imperiale università.

UFFIZIALE O vedete, dunque, se io non m'inganno? Quanto tempo è che vi mancate?

FERDINANDO Saranno tre anni.

UFFIZIALE M'immagino che la vostra infermità...

FERDINANDO Appunto. Ella interruppe il corso alle mie fatiche.

UFFIZIALE Avete ricevuta una congrua giubilazione?

FERDINANDO Assai meschina.

UFFIZIALE Come?

FERDINANDO Non mancano mai gli spiriti invidiosi, nemici del suo simile, che si fanno un vanto di arrestare la generosità del suo principe.

UFFIZIALE Io starei per giurarvi, che il principe non sa nulla di tutto ciò.

FERDINANDO Ve lo credo... Voi però siete testimonio del mio stato e della mia ricchezza.

UFFIZIALE Consolatevi, che siete vicino a migliorarlo.

FERDINANDO Con qual fondamento?

UFFIZIALE Voi dunque non sapete d'esser fatto consigliere dell'imperatore?

FERDINANDO Io? Da quando in qua?

UFFIZIALE Vi basti cosí. Il resto è ancora un arcano: ma durerà poco.

EGIDIO (Non saprei... questo signore distribuisce titoli con facilità... Ora mi ricordo... io conte... egli consigliere... Che negozio è questo? io non intendo molto queste patenti).

UFFIZIALE (ad Egidio) Che pensate?

EGIDIO Penso al consigliere e al conte suo fratello.

UFFIZIALE (sorridendo) Intenderete, amico, intenderete...

FERDINANDO Gli ultimi vostri detti, o signore... basta io fo conto di non averli ascoltati. Ma passiamo ad altro. Dov'è la mia Luigia?

EGIDIO Eccola qui.

FERDINANDO Tu non mi dici nulla, mia cara nipote?

LUIGIA Io non voleva disturbare chi parla meglio di me.

FERDINANDO E Odoardo non si è veduto questa sera?

ODOARDO (gli bacia la mano).

FERDINANDO, Chi è questi? (toccandolo qua e là).

ODOARDO È il vostro caro Odoardo, che vi ama e rispetta.

FERDINANDO Abbracciami, o figlio. L'ingiustizia ti perseguita, ma il cielo ti proteggerà; e sarai l'appoggio di mia nipote.

EGIDIO Cosí diceva pure questo signore. Egli ha promesso di presentarci all'imperatore.

FERDINANDO Il cielo lo voglia! Se non fossi cosí cieco... Cento volte m'è venuto in mente di andarmi a gettare a' suoi piedi.

UFFIZIALE Egli vi avrebbe accolto con umanità e con amore; e voi avete mancato di confidenza verso lui.

FERDINANDO Che buon principe! Non so s'egli sia di quell'indole cosí facile e popolare, con cui...

EGIDIO Sí; dicono ch'egli è sempre lo stesso. A proposito, tu dovresti conoscerlo molto bene.

FERDINANDO Se lo conosco!... Gli ho baciata la mano tante volte... Allora era un piacere a vedere, a sentire i tratti della sua bontà, del suo spirito... Affabile con tutti, compassionevole, benefico... egli era l'amico de' suoi sudditi: accorreva, cercava, preveniva i bisogni. Si diceva per proverbio ch'egli era in tutt'i luoghi, che i poveri e i ricchi dormivano tranquilli, ed egli vegliava e ne faceva la sicurezza.

EGIDIO Seguita, fratello: tu m'imbalsami gli orecchi parlando cosí del nostro principe.

FERDINANDO Ho anch'io in ciò la mia debolezza... Mi ricordo ancora, come se fosse adesso, i suoi modi, il suo volto, e perfino le sue parole.

EGIDIO Dipingimi, ti prego, la sua persona. Aiutami, giacché debbo presentarmi a lui, come questo signore ci promette, a distinguerlo subito in mezzo a' suoi cortigiani.

FERDINANDO Eccoti il suo ritratto, che tu potresti scolpire, senza ombra di sbaglio.

EGIDIO Non batto palpebra.

FERDINANDO Egli è ben fatto e di una statura mediocre.

UFFIZIALE Tralasciate, vi prego...

EGIDIO Non crederò che vi dispiaccia sentir parlare del vostro padrone e del mio.

FERDINANDO Veste quasi sempre da soldato e il suo abito prediletto è, massimamente quando viaggia, un'uniforme verde con rivolte e fodera di color rosso, ch'è quella del suo reggimento.

EGIDIO Questo signore ne ha una compagna.

FERDINANDO Ha una faccia ilare, i capelli arricciati semplicemente, un occhio celeste, ma vivace, due begli archi di ciglia nere, che lo adornano, una guancia ritondetta e prosperosa e il labbro inferiore un pochetto colmo e rovesciato al di fuori.

EGIDIO (guardando l'uffiziale con sorpresa) Fin qui questo signore lo rassomiglia come un pomo diviso dalla sua metà.

UFFIZIALE (Ormai l'innocenza di questa buona gente arriva a scoprirmi senza volerlo).

FERDINANDO Nota bene questi due segni, che te lo faranno distinguere anche fra mille. Tiene un neo sotto l'occhio sinistro, che gli dà qualche grazia.

EGIDIO (tenendo sempre gli occhi addosso all'uffiziale, con qualche confusione interrompe) Un neo?

LUIGIA e ODOARDO (avendo osservato anch'essi, danno segni di sorpresa e di confusione).

FERDINANDO Ed ha il mento un poco strisciato nella sua sommità da una palla di moschetto.

EGIDIO (torna a guardare l'uffiziale).

UFFIZIALE (destramente e mostrando di farlo a caso, si porta un fazzoletto al viso).

EGIDIO (attonito a Ferdinando) Fratello!

FERDINANDO Che?

EGIDIO Mi hai tu detta la verità?

FERDINANDO Perché questa interrogazione?

EGIDIO (guarda l'uffiziale, indi Luigia e Odoardo, gesteggia, vorrebbe parlare, si trattiene, e rimane in un atteggiamento d'uomo estatico).

UFFIZIALE (mostra non badarvi, e fa alcuni passi fingendo distrazione).

EGIDIO (O è desso, o io sogno).

ODOARDO (attonito e sotto voce) Luigia!

LUIGIA (attonita anch'essa e timorosa, sottovoce) Odoardo!

ODOARDO (come sopra) Hai tu veduto il neo?

LUIGIA (come sopra) E quel labbro, quegli occhi?... ah tutto...

UFFIZIALE Ed ora che significa questo improvviso silenzio? Non c'è piú alcuno che parli?

ODOARDO (a Luigia) E quel nascondersi il viso?

LUIGIA (a Odoardo) Ah ch'io palpito e tremo tutta!

UFFIZIALE È tempo che vi levi l'incomodo. Addio miei cari amici (in atto di partire).

EGIDIO Partite?

UFFIZIALE. Sí.

ODOARDO e LUIGIA (fanno una timida riverenza, irresoluti a che determinarsi, all'uffiziale che passa davanti).

UFFIZIALE (fermandosi ad osservarli) Voi non mi dite nulla!

LUIGIA Noi, signore?

ODOARDO Noi? E che possiamo mai dirvi?... Interpretate piuttosto il nostro silenzio.

UFFIZIALE (Chi lo direbbe? Il loro imbarazzo genera il mio... Veggo la loro confusione e non so a che risolvermi).

Scena quarta

Lucia che introduce Gismondo e Guglielmo vestiti da uffiziali, e i suddetti.

LUCIA (all'uffiziale) Signore, ecco qui due uffizialetti che fanno istanza di vedervi e di parlarvi.

GISMONDO e GUGLIELMO (si cavano il cappello, e restano in positura da soldato).

UFFIZIALE. Onde mai?... Ed a che fine?...

LUCIA Interrogateli voi stesso, e sentirete come ciarlano bene.

UFFIZIALE Avanzatevi (ai fanciulli che vengono avanti).

LUCIA Guardate che bel garbo, che bei soldatelli! Che aria, che ciglio bruschetto! ... Fanno proprio venir volontà di baciarli.

UFFIZIALE Chi siete, o giovinetti?

GISMONDo Due vostri fedeli servitori.

UFFIZIALE Che volete?

GISMONDO Vedere l'amico di nostro padre e imparare dal suo labbro ad imitarlo.

UFFIZIALE E chi è vostro padre?

GISMONDO Fu il maggiore Valsingher.

UFFIZIALE Voi siete quelli!... Ma come qui?... (a Lucia) Sono soli questi fanciulli?

LUCIA Non signore. Di là v'è sua madre.

UFFIZIALE Fatela entrare.

LUCIA Subito (parte).

GISMONDO e GUGLIELMO (si rimettono bruscamente il cappello in capo, cavano le loro spade e vanno a mettersi ai due lati della porta).

UFFIZIALE Ed ora che fate voi?

GUGLIELMO La sentinella all'amico di nostro padre.

UFFIZIALE (Che cari fanciulli! Oh come questa innocenza mi piace!)

EGIDIO (Io sempre piú mi confondo. Sono rimasto qui estatico e non so formare parola).

FERDINANDO Fratello? (cercandolo colle mani).

EGIDIO Lasciami.

FERDINANDO Che vuol dire?...

Scena quinta

Lucia che introduce la contessa Valsingber e il conte di Steimbergh; e i suddetti.

LUCIA Eccola (parte poi torna).

UFFIZIALE Voi qua, signora?

VALSINGHER Perdonate, vi supplico, alla mia libertà.

UFFIZIALE Dubitavate forse ch'io potessi dimenticarmi la mia promessa?

VALSINGHER Voi non potete mancare alla vostra parola.

UFFIZIALE Perché dunque?...

VALSINGHER Ho voluto prevenirvi e darvi un segno del mio rispetto.

UFFIZIALE Ciò non conviene a voi che come dama...

VALSINGHER Riflettetevi bene, o signore, e vedrete che il mio decoro non soffre nulla in questo caso.

UFFIZIALE (rivolgendosi al conte) Avreste voi per avventura tradito il mio segreto?

STEIMBERGH Io temo ch'essa l'abbia penetrato da se stessa.

UFFIZIALE (alla contessa) Chi vi ha detto ch'io son qui?

VALSINGHER Voi stesso, se vi ricordate che poche ore fa...

UFFIZIALE Dite benissimo. Quelli dunque sono i figli del maggiore Valsingher e figli vostri?

VALSINGHER Nati e dedicati a servirvi, se li accettate.

UFFIZIALE: A servir me?

VALSINGHER Se questa parola mi è sfuggita, s'ella è fuor di tempo, attribuitela alla mia confusione.

EGIDIO (Non vi è piú dubbio).

ODOARDO (sottovoce e timido a Luigia) Intendi nulla, o Luigía?

LUIGIA (sotto voce a Odoardo) Ah Odoardo, se tu sapessi come mi palpita il cuore!

UFFIZIALE (ai circostanti) Che fate voi cosí dimessi e taciturni?

LUIGIA (umilmente e piano) Nulla.

UFFIZIALE Voi tremate?

LUIGIA Non signore... (sono tutta scossa da capo a' piedi).

UFFIZIALE Parlate.

VALSINGHER (avvicinandosegli con sommessione) Se non temessi d'offendervi...

UFFIZIALE Proseguite.

VALSINGHER (passando a un vivace trasporto) Ah no... Voi siete buono e clemente; né ci ricuserete la grazia di baciarvi la mano.

EGIDIO Ed io, signore... ed io... (piangendo e presentando Luigia e Odoardo che piangono insieme con lui) Ecco pure i miei figli.

FERDINANDO (Ormai mi nasce un sospetto)...

UFFIZIALE Che lagrime son quelle?

EGIDIO Di tenerezza.

UFFIZIALE E perché?

EGIDIO Ah signore, fateci degni di cadere a' vostri piedi. Queste lagrime ci tradiscono. Il nostro cuore vi ha riconosciuto.

VALSINGHER Accordateci il giubilo di pronunziare il vostro glorioso nome, senza tema di dispiacervi.

UFFIZIALE Ah sí!... voi lo meritate. Ho resistito abbastanza.

VALSINGHER Giusto cielo!

ODOARDO Nostro re!

LUIGIA Nostro padre!

EGIDIO Invitto Alberto, glorioso imperatore!   (tutti si gettano a suoi piedi).

FERDINANDO (balza dalla sedia, e si slancia a tentone per correre anch'egli a' piedi dell'imperatore) Egli stesso!... Oh Dio!... Figli miei, aiutatemi... Io pure... Ch'io baci i suoi piedi e poi muoio tranquillo (si prostra e stringe le ginocchia dell'imperatore).

IMPERATORE Amici miei, cari amici, basta. Voi chiamate le mie lagrime a mescolarsi colle vostre. Alzatevi... abbracciatemi. Ecco il padre vostro, il difensore, l'amico.

FERDINANDO Il cielo dia lunghi giorni a un sí buon padre...

EGIDIO Ch'ei ci tolga gli avanzi della nostra vita per aggiungerli alla sua.

IMPERATORE Quest'accoglienza e questi voti sono ben piú sinceri e mi toccano il cuore mille volte piú che le festose acclamazioni di un popolo intiero. Qui tutto è candore, tenerezza, verità. Fortunati questi momenti che ho passati con voi. Io li debbo all'alterigia di poche anime basse, amiche dell'ignoranza e della propria fortuna. Ecco dove riseggono i sentimenti generosi e le virtú. Non mi scorderò mai di questi istanti.

LUCIA (che ritorna frettolosa, all'imperatore) Signore, due uffiziali vestiti, come voi, vi cercano, e sono là fuori, che vi aspettano... Inoltre... oh se vedeste!... una folla di popolo è innanzi la nostra casa. Bassa gente, signori... tutti sono meschiati insieme e mostrano il medesimo desiderio.

IMPERATORE Di che?

LUCIA Di vedere l'imperatore... Dicono ch'egli è qua. Guardate che pazzi!

LUIGIA Ah Lucia!

LUCIA I piú nobili, il presidente padre di Odoardo, i due baroni di Velfen e Splinn, le due baronesse, una Stollen, l'altra... non mi ricordo, il cavalierotto... (alla contessa) voi sapete come si chiama... e alcuni altri sono entrati nel portico dove stanno i marmi e le statue e dimandano la permissione di presentarsi.

IMPERATORE Il presidente? Le due baronesse? Le vedrò volentieri. Entrino pure.

EGIDIO (a Lucia) Avete sentito?

LUCIA Subito (parte).

IMPERATORE Lo credereste, amici? Essi mi hanno riputato indegno della loro compagnia. Quest'abito semplice non li ha persuasi.

FERDINANDO Oh ciechi!... Voi che potreste opprimerli con un solo de' vostri sguardi.

IMPERATORE lo non so che riderne e compatirli.

VALSINGIIER Sento il calpestio.

EGIDIO (osservando) Son dessi.

Scena ultima

Il barone Naimann, il barone Velfen, il barone Splinn, la baronessa Viltz, il cavaliere Brom, alcune altre danze e cavalieri; l'imperatore, il conte Steimbergb, la contessa Valsingher, Egidio, Ferdinando, Luigia, il barone Odoardo, Gismondo, e Guglielmo.

VELFEN Servitore umilissimo.

NAIMANN Schiavo.

BROM Chi è il padrone di casa?

EGIDIO Sono io.

STOLLEN (alla baronessa Viltz) È qui quell'uffiziale.

VILTZ (alla baronessa Stollen) Egli si caccia per tutto. Se lo sapeva, non ci veniva.

BROM (alle baronesse Viltz e Stollen) Ecco la contessa: fin qua è venuta a trovare il suo nuovo innamorato.

EGIDIO Chi cercate, signori?

NAIMANN L'imperatore.

IMPERATORE Vi pare che questo sia il luogo da ricercarlo?

NAIMANN È quello che diceva ancor io; egli non avrebbe preferito un artefice alla nobíltà?

IMPERATORE Che vorreste da lui?

NAIMANN A noi tocca a complimentarlo ovunque sia, e offrirgli la nostra servitú. Siamo i primi della città.

IMPERATORE Ho paura che siate appena gli ultimi.

NAIMANN Come parlate?

BROM (Vuol vendicarsi).

ODOARDO (sta coperto dietro agli altri in modo che il barone Naimann non lo vegga) (Se potessi almeno avvisare mio padre).

NAIMANN (ad Egidio) Rispondete voi: è vero o non è vero che l'imperatore è entrato qui?

EGIDIO Io non ho veduto che questo signore (accennando l'imperatore).

IMPERATORE Oscuro e senza titoli, non degno della vostra conversazione e, forse, de' vostri riguardi.

STOLLEN Maledetti gli sciocchi! Ci hanno fatto correre alla posta, al palazzo del governatore, e poi qua.

VILTZ Scommetto che l'imperatore non si sogna nemmeno d'essere nel nostro paese. Nessuno sa quello che si dica.

STOLLEN Siamo pur pazzi noi a dar loro retta.

IMPERATORE Lo credo.

VALSINGHER Andiamo (in atto di partire).

NAIMANN (scoprendo Odoardo) Che veggo? Tu qui?

ODOARDO Ah padre, eccomi a' vostri piedi.

NAIMANN Indegno! Contro il mio divieto tu ardisci praticare questa donna e questa gente che ti ha sedotto? Te ne pentirai.

ODOARDO Fermatevi.

NAIMANN Che fermarmi? Implorerò l'aiuto del governo. Farò carcerar te, e metter costei in un ritiro.

IMPERATORE Il governo, bene informato, non vi ascolterà.

NAIMANN Perché?

IMPERATORE Perché questi sono sposi legittimi, e non si commettono ingiustizie.

NAIMANN È un matrimonio nullo e cresciuto nella colpa... Questi plebei hanno circuito, tradito mio figlio.

IMPERATORE Non ne sono capaci... Plebei? Che nome date voi alla virtú? Uno scultore egregio, che fa onore alla sua patria, un uomo di lettere non sono plebei, come voi dite, e possono con decoro imparentarsi con un nobile novello e di provincia.

NAIMANN Io non vi ascolto. Voi non c'entrate. Io odio questa gente, e li perseguiterò fino alla morte.

IMPERATORE E che farete? Uomo vile, miserabile, vergognoso pasto della superbia, ascoltatemi. Io vi parlo a nome dell'imperatore. Egli sa e approva questo matrimonio. Se le virtú non bastano a soddisfare chi non ne possiede nessuna; s'è necessario uguagliare una nobiltà comprata da un padre mugnaio, sappiate che Luigia è figlia del conte Egidio, conte per merito e non per accidente, e nipote di un consigliere di sua maestà. Vi basta ciò per far tacere la vostra stolida ambizione?

NAIMANN Da quando in qua hanno costoro questi titoli?

IMPERATORE Dal tempo che voi avete demeritato i vostri.

NAIMANN Ma, signor uffiziale...

IMPERATORE Tacete, ormai, né mi obbligate a dirvi di piú... (volgendosi ad Egidio, Ferdinando e Luigia) Amici miei, rallegratevi; se vedete premiata scarsamente la vostra virtú, voi lo dovete a voi stessi. È tempo di separarci. Ricordatevi ch'io lascio qui degli amici, e voi siate certi che in ogni tempo ne avrete uno in me. Addio (va per partire; Egidio, Odoardo, Luigia, la contessa Valsingber e il conte di Steimbergh l'accompagnano).

VALSINGHER Ah signore!...

EGIDIO La nostra gratitudine...

IMPERATORE Restate, e tacete.

GISMONDO e GUGLIELMO (lo salutano colla spada).

IMPERATORE E questi signorini saranno essi dimenticati? (A Gismondo) Addio, tenente. (A Guglielmo) Addio, capitano. (Rivolgendosi improvvisamente sulla porta alle baronesse, ai baroni, alle dame, e ai cavalieri) E voi cavalieri e baroni, ricevete un mio ricordo per compassione. Date bando all'orgoglio; rispettate tutti. Apprendete che l'uomo, che difende la patria, merita la stima e l'amicizia d'ognuno e che la prima e vera nobiltà è fondata sulla virtú (parte).

STOLLEN Io resto attonita e non intendo questi discorsi.

VILTZ Ci siamo lasciati strapazzare senza rispondere una parola.

STEIMBERGH Buon per voi.

VALSINGHER Ringraziatene il cielo.

STOLLEN In fine chi è quell'uffiziale?

VALSINGHER Siete stati cosí ciechi per non conoscerlo?

ODOARDO Ah padre mio!

NAIMANN E cosí?

ODOARDO Quegli è appunto l'imperatore.

NAIMANN Giusto cielo!

STOLLEN Oimè!

VILTZ L'imperatore!

BROM E noi?... Ah sciagurati noi!

STOLLEN Oh Dio! mi vien male. Non posso piú (si getta sopra una sedia in convulsioni).

VALSINGHER Vi sta bene.

STOLLEN Un bicchier d'acqua per carità!

VALSINGHER Ci vuol altro.

VILTZ Sono piú morta che viva.

NAIMANN Ah figlio ingrato! Tu mi hai tradito.

ODOARDO No, padre: io non ero in istato di poter dirvi una parola.

STOLLEN Questo è troppo. Sono schernita, disonorata. Voglio andare ad annegarmi.

STEIMBERGH Fermatevi. Volete, o signori, un mio consiglio? Esso è il solo, il piú salutare, e ve lo dà un amico. Quest'avventura non vi offenda. Nel suo genere è soltanto ridicola ed esclude la colpa. Chiedetene, con una supplica, perdono a sí buon principe. Egli ne riderà, ne rideranno gli altri e tutto sarà finito. Ma voi, se siete saggi, traetene tutto il vantaggio. Ella v'insegna ad esser cauti per l'avvenire; dignitosi, ma non superbi; cortesi cogli eguali; docili con tutti e umani cogli inferiori. Avete sentito ciò che ha detto l'imperatore? Questi sono i segni distintivi e i veri pregi della nobiltà.

Fine.

Liked This Book?

For More FREE e-Books visit Freeditorial.com